文学经典导读

李　新　主编

中国美术学院出版社

责任编辑：孟海江
执行编辑：周　赟
特约编辑：张荣昌
图书制作：宏图文化
封面设计：唐韵设计
装帧设计：宏图文化
责任校对：李　颖
责任印制：张荣胜

图书在版编目（ＣＩＰ）数据

文学经典导读 / 李新主编 .-- 杭州 : 中国美术学
院出版社，2023.9
　ISBN 978-7-5503-3018-4

　Ⅰ . ①文… 　Ⅱ . ①李… 　Ⅲ . ①世界文学 – 文学欣赏
Ⅳ . ① I106

中国国家版本馆 CIP 数据核字（2023）第 060575 号

文学经典导读
李　新　主编

出 品 人：祝平凡
出版发行：中国美术学院出版社
地　　址：中国·杭州南山路 218 号 / 邮政编码：310002
网　　址：http://www.caapress.com
经　　销：全国新华书店
印　　刷：北京荣玉印刷有限公司
版　　次：2023 年 9 月第 1 版
印　　次：2023 年 9 月第 1 次印刷
印　　张：12
开　　本：787 mm×1092 mm　1/16
字　　数：300 千
印　　数：0001 — 3000
书　　号：ISBN 978-7-5503-3018-4
定　　价：42.00 元

在线课程学习指南

　　本书配套国家级一流本科课程"文学经典导读"，读者可在国家高等教育智慧教育平台在线学习。

一、搜索课程

　　进入国家智慧教育公共服务平台（www.smartedu.cn），选择"国家高等教育智慧教育平台"，在该页面搜索"文学经典导读"，单击搜索后在搜索结果中选择对应课程（授课教师：李新）。

二、在线学习

　　选择对应课程后进入课程界面，单击"现在去学习"，进入学习界面，单击"立即参加"即可进行学习。

文学经典导读 国家精品

第9次开课 ∨

开课时间：2023年02月20日 ~ 2023年06月19日
学时安排：2-3小时每周
进行至第14周，共18周

立即参加

课程详情	课程评价(199)

本课程通过对经典文学作品的阅读、诵读、分析、阐释，能够提高学生感受和鉴赏美的能力，丰富学生的精神世界，激励情感、启迪心灵，不断提高审美能力和文化素养，并通过对经典作品的再现，达到艺术与文学审美通感的效果。内容上兼有经典性、学术性和前沿性的特点；形式上兼有体验性、启发式的特点。

—— 课程团队

前言

　　党的二十大报告指出，要繁荣发展文化事业和文化产业。坚持以人民为中心的创作导向，推出更多增强人民精神力量的优秀作品，培育造就大批德艺双馨的文学艺术家和规模宏大的文化文艺人才队伍。而艺术专业的学生通常以学习艺术技能、艺术技巧为主，注重艺术的表现形式，往往忽略了培养和提高自身的艺术素养。只有将高品质的艺术素养与完美的艺术形式相结合，才能培养出真正的艺术家。而提高艺术素养的一个重要途径，就是从广博的文学经典著作中汲取丰富的养料。因此，培养学生对文学的鉴赏能力，有助于提高学生的艺术创造力，能够为其提供深厚的文化底蕴与丰富的审美体验。将文学、音乐、绘画、舞蹈、影视等各艺术专业融会贯通，为其走向广阔的艺术之路架设桥梁，这也正是我们编辑出版此教材的宗旨与目标。

　　文学是语言的艺术。诗歌讲究精练，小说讲究生动，散文讲究优美，戏剧讲究传神。好文章，要靠读才能"明其言，会其声，感其情，悟其旨，得其辞，体其义"。诵读美文，背诵名篇，既是文学语言的积累，又是提高欣赏文学能力的有效方法。本教材注重对学生的情感教育，注重对所选文学作品的分析解读，从情感体验的角度进行深入剖析，让学生受到触动、受到感染、受到启迪，从而提高他们的鉴赏与创造能力，一改以往死板生硬的教学模式，使学生感到对文学作品的学习是富有生气和灵性的学习。

　　让学生参与到对经典文学作品的阅读、诵读中，能够提高学生感受和鉴赏文学美的能力，帮助培养学生对文学作品的兴趣和创新的能力，丰富学生的精神世界，激励情感，启迪心灵，帮助学生不断提高审美能力和文学素养，促进学生人格的培养和正确的人生观与价值观的树立，并通过对作品场景的再现，达到文学与艺术审美通感的效果。面向 21 世纪高等教育的改革，大学所培养的人才的文化素养和艺术创新能力比起专业知识来说，在更深层次上反映着人才的质量。

　　本书按照文学作品的体裁分类，分为小说、散文、戏剧、诗歌四章，选取了三十余部古今中外具有代表性、审美性的经典文学作品，以循序渐进的引导方式，帮助读者扫除阅读经典作品的障碍，以作者简介、作品简介、文本解读、拓展阅读、品鉴与思考等板块为结构，为学生指引一条审美阅读的路径，去领悟经典文学作品的艺术魅力，从而更好地提高学生对经典作品的感悟与体验的能力，为他们将来的艺术创作激发灵感、启迪智慧。

本书与以往的文学欣赏类教材相比，创新成果如下。

第一，本书取消了对文学理论、文学史的整块论述，而是遵照学生的认知规律，从文本入手，让学生去体验经典作品的意境美、语言美，从结构、叙事、时间、空间、人物形象、故事情节等多维度进行全面的文本阐释与细读，从而潜移默化地将一些基础文学理论知识、文学史知识贯穿其中，更有利于学生的接受与吸收。

第二，本书分为四章，共三十二个小节。每个小节由一个主要经典作品构成，另外还将与之相关的评论或其他作品以"拓展阅读"及其他链接的形式展示出来，做到由现象到本质、举一反三、触类旁通。同时，设立"品鉴与思考"板块，注重学生对经典作品的品鉴与感悟，以各类艺术表现形式再现经典文学作品的意境。

第三，从选取的作品内容上来看，适量地增加了现当代文学作品的数量，增强作品的可读性。这也是针对艺术类学生的自身特点而定的：他们升入大学的年龄普遍较小，阅读上更具有当代性。

第四，本书落实立德树人的根本任务，贯彻《高等学校课程思政建设指导纲要》精神，选文突出加强社会主义核心价值观和中华优秀传统文化教育，关注家国情怀。这样做的目的在于开阔学生的文学、艺术视野的同时，提高学生的文学修养、审美能力、思维能力。

本书参阅了近年来各地出版的有关文学经典的教材和论著并吸收了其中一些优秀的成果，在此，我们深表谢意！对于东北师范大学研究生苏婉珍、王丽、田叶、杨凝、秦丽丽、嵇佳欣六位同学在本书出版过程中提供的搜集图片、资料、拓展链接等工作中做出的贡献，在此一并表示感谢！由于时间仓促，编者水平有限，书中难免存在疏漏之处，恳请广大师生和读者批评指正，以便日后修订完善。若有建设性意见，亦望赐教，在此衷心地表示感谢！

最后，愿每一位读者都能从本书中得到收获。

本书适用于全国各高校艺术专业学生，也可以为非艺术专业学生提供学习参考。

本书作者为广大一线教师提供了服务于本书的教学资源库，有需要者可致电13810412048或发邮件至2393867076@qq.com。

李　新

目录

第一章

充满魅力的小说世界

《红楼梦》：曹雪芹笔下的红楼传奇

《红楼梦》

一、作者简介

曹雪芹，名霑，字梦阮，号雪芹、芹圃、芹溪。关于曹雪芹本人的确凿史料是很少的，经后人考证，曹雪芹大约卒于乾隆二十八年（1763年）或者二十九年（1764年），上推四十年或者五十年，为他的生年。

但是，曹雪芹的家族却在历史上留下了辉煌的印记。他的远祖是"包衣"，即为家奴。后跟随清军入关成为"从龙旧勋"，有了相对较高的社会地位。而曹雪芹的曾祖父曹玺在康熙二年（1663年）曾任江宁织造，这是清朝政府在江南地区专办宫廷御用和官用的各类纺织品的部门。江宁织造管理各地织造衙门政务的内务府官员，亦通称织造。这一官职表面上是政府的采购部门，但实际上是皇帝在地方的"眼线"。

曹玺的妻子是康熙的奶母，而曹雪芹的祖父，即曹玺的儿子曹寅，曾做过康熙的伴读和御前侍卫。曹家的社会地位在曹寅继承曹玺成为江宁织造时达到鼎盛。曹寅受到康熙的信任和庇护，常明为皇室采办丝织品等物品，暗中则密切关注江南动态，从吏治、民情到年景、漕运、晴雨、物价、工程等都及时密报。从现存的曹寅奏折及康熙在上面的批示可以看出，其中有许多机密文书。

康熙六次南巡中有四次都由曹家接驾。这无疑是巨大的荣耀，但同时也花费了大量的银两，为江宁织造留下了不小的亏空。曹寅死后，其子曹颙继承江宁织造的职位，但曹颙任职两年后去世。康熙便命曹寅继子曹𫖯继承江宁织造，但亏空始终无法填补。这就导致曹家在康熙去世后，失去依靠，在政治斗争中遭受了重大的打击。后来曹𫖯被免职，家产被查封，举家迁回北京，为江宁织造效力六十余年的曹府就此败落了。到了乾隆初年（1736年），曹家已经败落到无法维持生活的地步。

曹雪芹经历了家族的繁盛和衰败的过程，这个经历成为他创作《红楼梦》的重要素材来源。那时的他生活潦倒困苦，常常举家赊粥，但是为人放达，善于画石，作诗有奇才。曹雪芹晚年居住在北京西郊，《红楼梦》就是在这段时间里完成的。《红楼梦》是曹雪芹的呕心沥血之作，在小说中他曾提到，"批阅十载，增删五次""字字看来皆是血，十年辛苦不寻常"。

二、作品简介

《红楼梦》（图 1-1）原名《石头记》，书中提及的书名还有《情僧录》《风月宝鉴》《金陵十二钗》等，《红楼梦》被誉为中国最具文学成就的古典小说及章回体小说，达到了中国古典小说的艺术巅峰。

《红楼梦》是中国封建社会末期生活的一面镜子。小说以当时社会上层的贵族生活为主题，极其真实、生动地描写了 18 世纪上半叶中国封建社会末期的全部生活，是这段历史生活的一个缩影，预示着中国古老封建社会必将走向灭亡的道路，是那一时期封建、腐朽的社会体制的真实写照。

《红楼梦》这幅长篇历史画卷，不仅具有很高的思想价值，还具有鲜明的艺术特征和非凡的艺术成就。全

图 1-1 《红楼梦》封面

书篇幅浩瀚、规模宏大、结构严谨，人物形象栩栩如生、语言生动，读来隽永绵长，值得后人细细品味、鉴赏。

《红楼梦》本身是一部充满了谜题的著作，是一部没有完成的著作。目前能够收集到的最早抄本只有八十回，曹雪芹未写完《红楼梦》就去世了。但是早期抄本的评语中，却对八十回以后的情节有所提及甚至还有具体的描述。另外，从《红楼梦》的开头可以看出，曹雪芹对整书是有完整的构思的。所以，八十回之后的书稿，曹雪芹可能完成了部分，但是因为种种原因已经遗失了。乾隆五十六年（1791 年），程伟元、高鹗印行了有一百二十回的《红楼梦》，这是《红楼梦》的第一个印本，世称"程甲本"。次年，经过修改后又一次印行，世称"程乙本"。而其中的后四十回，据程伟元和高鹗称是曹雪芹的原作，是他们竭力搜罗所得。但是，20 世纪 20 年代初，以胡适、俞平伯为代表的新红学派发现，根据史料考证，后四十回为高鹗续写之作，且对前八十回进行了一定的改动。这个结论至今为大多数人所认可。

三、文本解读

《红楼梦》这部由数百个人物的日常生活和一些奇幻故事情节构成的作品，可以大致分为现实层面和幻想层面两大体系。现实层面是指由贾府兴衰和宝黛爱情构成的故事情节，幻想层面是指由通灵宝玉、太虚幻境、金玉奇缘、风月宝鉴、花妖告凶等情节构成的虚幻境界。在现实层面中，四大家族的衰败反映出封建制度的必然灭亡，宝黛的爱情悲剧体现了作者反对封建婚姻制度、追求自由的人生理想。但《红楼梦》的意蕴远不止如此。它作为一幅完整的艺术长卷，洋洋百万言，历历数百人，他们的悲欢离合、一颦一笑尽在纸上，风流也好，痴情也罢，最终的人物命运都走向了毁灭、走向了衰败，竟没有一个人物的命运是圆满的，让人不禁喟叹人生如梦、万般皆空。所以，一个"空"字，成为整部作品的最终指向。作品中反映了贵族生活的淫靡、堕落、贪赃枉法、欲望无限，这些都暗示着人生的幻灭感、恐慌感，一种虚空、梦幻的生命悲剧感在结局中被无限放大。无论是前世还是今生，最终都回到出发点的归宿，这也带有作者的一抹宿命论色彩。

作品中的人物形象鲜活生动、栩栩如生，特别是几个主要人物更是在读者心目中留下了深刻的印象。

（一）贾宝玉

贾宝玉是小说的中心人物，是封建社会末期贵族家庭中的一个具有叛逆性格、追求民主自由的青年形象，从他的身上能够看到作者所寄托的理想与希望。宝玉的性格与他的家庭背景格格不入。他聪明灵秀，"重情不重礼""不安本分""一味随心所欲"。他蔑视世俗男性，爱慕和亲近那些处于弱势地位的女性和身份卑微却与他兴趣相投的人物。他厌恶官场的黑暗，不读四书五经，不愿走"学而优则仕"的人生道路，这与贾氏家族对他所寄予的厚望恰恰相反。他选择沉溺在少女世界中来逃避世俗的局限，他寻寻觅觅，终于找到了精神的知音——林黛玉，二人情投意合，但婚姻不能自主，父母之命、媒妁之言不能违背，最终娶宝钗为妻，却酿成了宝、黛、钗三人的爱情悲剧。宝玉的软弱和逃避并没有使他能够反抗贾府统治者的安排，他的民主与自由因素具有时代的局限性，最终他无法摆脱封建思想的束缚。所以，我们看到的是一个具有浓厚的纨绔子弟生活气息的悲剧人物形象。

（二）林黛玉

林黛玉是另一个极富悲剧色彩的艺术典型。她从小失去父母，只好寄居在声势显赫的荣国府里。她生性敏感、多疑、孤傲，却爱恨鲜明、语言犀利、文采飞扬，与宝钗相比，显得更加率直，对自己的喜怒、好恶完全不加掩饰。她多愁善感，又坚强不屈、自矜自重，对封建礼教时时进行嘲讽与揭露，用锋芒与挑剔保护自己敏感、脆弱的内心。她对宝玉的爱执着又强烈，并且要求宝玉对她同样地忠诚与专注。但她的"孤高自许，目无下尘"同周围的大家庭及社会环境表现出明显的不合拍，所以，她的命运以及她与宝玉的爱情注定是一场悲剧。但她能够得到宝玉的理解与爱恋，能够有唯一的这个知己，寻求自己的爱情并且得其所爱，这是她在这个纷扰冷酷的社会里得到的唯一的安慰；然而得其所爱却无法长相厮守、相伴余生，又成为她的无奈与遗憾，最终她带着对宝玉纯洁的爱和对人世的无尽怨愤悲戚而逝，实现了她的誓言："质本洁来还洁去，强于污淖陷渠沟。"

（三）薛宝钗

薛宝钗是金陵十二钗之一，薛姨妈的女儿，是作品中一个特殊的悲剧人物。她温柔敦厚，容貌端正，举止娴雅，几近完美，是封建社会正统淑女的典范。她与林黛玉的性格截然相反，林黛玉一心追求精神上的美好、纯洁、丰富，而宝钗却能够时时把握住眼前的现实利益，对权势、财富孜孜以求。她为人处世圆滑机敏，被认为城府极深，会笼络人心，能够深刻地洞察他人的内心。同时，她又经诗辞赋无所不通。对待与宝玉之间的感情，她含蓄而深沉，说话做事严谨而周密。她最终实现了自己对"金玉良缘"的美好理想，但由于宝玉对悲戚而逝的黛玉始终无法释怀，"金玉良缘"便也成了一个没有爱情的婚姻躯壳，最后宝玉毅然出家，宝钗不免在孤独寂寞中抱恨终生。宝钗的悲剧性在于，虽然她并非封建大家庭、封建制度的叛逆者，但她的顺从使她成为封建制度的陪葬品，最终成为悲剧的殉道者。她的悲剧性命运在《红楼梦》中具有独特性。

拓展阅读

1. 西岭雪《黛玉传》，时代文艺出版社 2017 年版

西岭雪（本名刘恺怡），她的《西岭雪续红楼》系列以人物为主线分成几部，包括《黛玉之死》《宝玉出家》等。红楼故事从古说到今，而书中人物的命运在第五回已有暗示。《黛玉传》（图 1-2）的故事从《红楼梦》第八十回开始，以黛玉为主要叙事对象，在叙述黛玉之死的过程中，其他人物的命运结局也一一呈现。本书与《宝玉传》互为穿插，好比风月宝鉴之正反两

图 1-2 《黛玉传》封面

面，虚实对应，让读者比并而阅。

2. 西岭雪《西岭雪探秘红楼梦》，团结出版社 2010 年版

《红楼梦》洋洋洒洒百万言，历历在目几百人。《红楼梦》之所以伟大，是因为它通透地表现出了一个时代的人性。起于情而终于情，但又不止于情，如此这般，《红楼梦》才衬托出世情的短暂与永恒，薄情又深邃入骨。西岭雪续写的宝玉经历了太多的死亡，耳闻目睹身边人的各种遭际：黛玉的香消玉殒，探春的远适为妃，巧姐沦为民妇，惜春托钵沿乞，妙玉白玉遭陷……种种物是人非，《红楼梦》见证了太多人生的不幸与无常。著名作家及红学研究者西岭雪，汇集三百年来红学探佚、索隐、脂批、曹学、版本学成果，著成《西岭雪探秘红楼梦》（图1-3）系列，包括《宝玉传》《黛玉传》等，读者阅读评价颇高，认为西岭雪确实能够把握住曹雪芹的思想精髓，力图遵从原著者曹氏的本意，考察相关典籍文献、曹氏家谱，并依据《红楼梦》前八十回的"草蛇灰线"、脂砚斋批语提示等各种前辈与今人的红学研究成果，从第八十回迎春归宁写起，一路写到元妃之死、被抄家、黛玉香消玉殒、二宝成婚、"忽喇喇似大厦倾"，一直到"一片白茫茫大地真干净"。作者构思精细，大胆推理，笔锋流畅细腻，弥补了高鹗续篇的不足，推演出合理又完整的红楼大结局。

图 1-3 《西岭雪探秘红楼梦》封面

3. 端木蕻良《曹雪芹》，北京出版社 1980 年版

端木蕻良（1912—1996 年），原名曹汉文（曹京平），辽宁省昌图县人，曾任北京市作家协会副主席。《曹雪芹》（图1-4）是端木蕻良晚年较为重要的一部作品，很有特色，影响广泛，是一部介绍曹雪芹生平的传记小说。端木蕻良以他学贯古今的文化积淀和流畅娴熟的艺术笔法、史诗般的笔调再现了曹雪芹的一生。他写作此书的目的是为续写《红楼梦》后四十回做准备。但是很遗憾，《曹雪芹》是一部未完成的作品，只有上、中卷面世。端木蕻良在《曹雪芹》这部书中描写了清王朝康熙、雍正政权更迭时代的全景式社会生活图景，为塑造曹雪芹的性格提供了清晰的社会背景。曹家的命运浮沉，与清王朝上层统治阶级之间的权力

图 1-4 《曹雪芹》封面

争夺紧密地纠缠在一起。作者不仅展现了曹家的兴衰成败，也反映出了各个阶级人们的生活百态，描写绵密精细，千丝万缕交织成网，叙述却从容不迫，如行云流水，舒卷自如，结构精当，伏线尽藏。这个昔日富贵显耀、鲜花簇拥的曹府，终究以潦倒破败、锦绣成灰而告终，揭示了封建社会必然走向灭亡的历史发展规律。

4. 曾慧媛《〈红楼梦〉中人物命名的艺术》，《文学教育（上）》2010年第11期

"人物命名暗示人物隐晦的关系。'玉'是《红楼梦》中最重要的象征。'玉'象征人的性灵、慧根、本质等意义。所以'玉'字曹雪芹绝不轻易赐予。小红本名为'红玉'，因犯宝玉之名而更改为'小红'，而小说人物中，名字中凡含有'玉'字者，与宝玉这块女娲顽石——通灵宝玉，都有一种特殊缘分，深具寓意。除了宝玉以外，《红楼梦》中还有其他四块玉。首先是'黛玉'。宝玉和黛玉，二玉之间的寓意是什么呢？是寓一段'仙缘'，是神瑛侍者与绛珠仙草的爱情神话，是一则最美的还泪故事。所以宝玉和黛玉之间的爱情乃是性灵之爱，纯属一种美的契合，因此决定了二人不能在世俗中成婚，发生肉体关系。第二块玉是'妙玉'。有人猜测宝玉与妙玉之间情愫暧昧。事实上，妙玉自称'槛外人'，意味她已超脱俗尘，置身事外；而宝玉为'槛内人'尚在尘世中耽溺浮沉。而结果适得其反，妙玉目空一切，孤僻太过，连村妇刘姥姥尚不能容，宜乎佛门难入，最后落得个'可怜金玉质，终陷淖泥中'；而宝玉心怀慈悲，广爱众生，对事事都怀一片佛心。可以说宝玉与妙玉的关系是身份的互调，'槛外'与'槛内'的转换，是一种带有讽刺性的'佛缘'。《红楼梦》中男性角色名字含有'玉'者，尚有甄宝玉与蒋玉函。甄宝玉是《红楼梦》中'暗线'里的人物，是'真''假'主题的反衬角色。蒋玉函虽是一个戏子，但宝玉与他惺惺相惜，还因此被父亲痛打一顿。曹雪芹想在他们俩之间结构一种什么寓意呢？结识蒋玉函带给宝玉的沉重后果是他的俗体肉身的苦痛与残伤。书中宝玉为黛玉承受精神性灵上最大的痛苦，为蒋玉函担负了俗身肉体上最大的创伤。所以，宝玉与蒋玉函之间的寓意是'俗缘'。"[①]

品鉴与思考

1. 试分析红楼梦第一回当中"满纸荒唐言"的特点表现在哪些方面？

2. 《红楼梦》凝聚了中国文化的精髓，是对中国传统文化的继承和发展。谈谈你从中体会到了哪些思想文化哲理？

---

① 曾慧媛：《〈红楼梦〉中人物命名的艺术》，《文学教育（上）》2010年第11期。

《骆驼祥子》：走进老舍的市民世界

《骆驼祥子》

一、作者简介

老舍（1899—1966年），原名舒庆春，字舍予，满族，北京人。现代著名作家、杰出的语言大师，被誉为"人民艺术家"。1899年2月3日，老舍出生在北京西城小羊圈胡同（现名小杨家胡同）一个满族正红旗的城市贫民家庭。老舍的父亲是一名满族的护军，阵亡在八国联军攻打北京城的巷战中，老舍这一笔名最初在小说《老张的哲学》中使用，其他笔名还有絜青、絜予、非我、鸿来等。

1918年，老舍毕业于北京师范学校，之后担任过小学校长、北郊劝学员等职。老舍在新文化运动掀起的民主、科学、个性解放思潮的影响下，开始文学创作。1922年，老舍任南开中学国文教员，次年发表了第一篇短篇小说《小铃儿》，1924年赴英国，任原伦敦大学东方学院（现伦敦大学亚非学院）中文讲师，大量汲取外国文学养料，正式开始创作生涯，陆续发表《老张的哲学》《赵子曰》和《二马》并逐渐引起文坛的瞩目。1926年，老舍加入文学研究会。

二、作品简介

祥子本来生活在农村，18岁的时候，失去了父母和几亩薄田的他，跑到北平城里做工。生活迫使他当了人力车夫，他早出晚归，忍饥受冻，风里雨里咬牙苦干，整整拼了3年，终于凑足了100块钱，买了一辆新车。这使他激动得几乎哭出来。自从有了这辆车，他的生活过得越来越好，终于可以不再受拴车人的气，做一个"自由的洋车夫"。他幻想着将来自己也可以开一个车厂。

好景不长，适逢北洋军阀混战时期，兵荒马乱，一天，他被几个抓车夫的大兵连人带车给抓走了，洋车一拉到营盘里就不见了。幸运的是，大兵们逃散后，祥子顺利地牵走了战乱中剩下的三匹骆驼。他把骆驼卖掉，回到车厂，打算用卖骆驼的钱再买辆车，重操旧业。祥子却大病了一场，在梦话或胡话中被人家听了他与骆驼的关系，大家就给他取了个绰号叫"骆驼祥子"。

回车厂不久，祥子就被人和车厂的厂主刘四的女儿虎妞给缠住了。虎妞为人泼辣，平时没人敢惹她，三十七八岁了还没嫁人，平时替刘四操持厂里的大事小事。祥子被虎妞灌醉后，不能自持，事后，虎妞以有身孕为由，硬要与祥子成亲。为摆脱虎妞，祥子来到一位具有民主思想的大学教授曹先生家拉包月车。祥子把挣的钱都攒在闷葫芦罐里，准备等钱攒够了再买辆新车。这时，一个跟踪曹先生的侦缉队员向祥子敲诈，把祥子辛辛苦苦攒的钱全抢走了。一无所有的祥子只好离开曹家，又回到人和车厂。地痞流氓出身的刘四认为女儿嫁给一个车夫是件丢脸的事情，扬言宁肯放火把车厂烧了，也不让他们得到家产。

在虎妞的软磨硬泡下，祥子只得和虎妞成了亲。刘四卖掉了车厂，人也无影无踪了。祥子婚后住在穷苦人生活的大杂院里。街坊二强子也是拉车的，他为了一家人活命，竟逼女儿小福子卖身为娼，祥子对小福子的遭遇充满了同情。不久，虎妞难产而死，小福子已在心中暗暗喜欢着祥子，可是穷困生活的煎熬，使小福子过早地自尽辞世了。这最后一点点希望之光也熄灭了，祥子在绝望中走向毁灭，走向堕落与沉沦，终于被那"吃人"的社会吞没了。

三、文本解读

（一）社会底层的悲剧人物形象——祥子

《骆驼祥子》（图 1-5）是中国现代文学史上一部非常优秀的现实主义作品。这部小说以 20 世纪 20 年代末期的北京市民生活为背景，以人力车夫祥子三起三落的坎坷、悲惨的生活遭遇为主要情节，深刻揭露了旧中国的黑暗，控诉了统治阶级的残暴与腐朽，表达了对劳动人民的深切同情，反映出旧社会剥削阶级对下层劳动者的残酷剥削和压迫，同时提出了城市劳动人民如何争取解放的问题。

《骆驼祥子》的突出成就是成功塑造了祥子这一社会底层的悲剧人物形象。祥子是城市底层劳动人民的典型代

图 1-5 《骆驼祥子》封面

表。他原是破产农民，进城后当了人力车夫。他勤劳朴实、单纯诚实、个性好强，有着积极、执着地追求美好生活的理想。他身强体健，有着过硬的拉车本领，又能够吃苦耐劳，因此，他想凭借自己的能力独立、自由地在城市中生存下去，实现自己的理想，这并非不可能。可是，在当时的社会背景下，就是这样简单的愿望也难以实现。祥子三次拥有了车，又三次变得一无所有。第一次辛苦赚钱买的车，在军阀混战中被抢夺走；第二次攒的买车钱，被无耻的特务敲诈了去；第三次买的车，又为了给虎妞办丧事而被卖掉。生活无情的打击，彻底摧毁了祥子的意志，使他一步步坠入深渊，变得痛苦绝望、自暴自弃、自甘堕落，最后完全蜕变成一个麻木不仁、没有灵魂的行尸走肉。作品通过描写祥子的人生悲剧，反映出了当时社会千千万万像祥子一样的底层民众的血泪生活和悲惨命运，表达了作者对底层劳动者苦难命运的深切同情。

老舍在塑造祥子这一悲剧形象的同时，还向人们揭示了造成祥子的悲剧的根源。首先是"吃人"的旧社会，黑暗的社会对底层民众的无情剥削与压迫，使祥子悲剧的产生成为一种必然。作品绘制出了一幅城市的百态人生图，这里既有抢祥子车的大兵，又有不给仆人饭吃的杨太太；既有欺骗、压迫祥子的虎妞，又有愚弄祥子的陈二奶奶等。正是这些兵匪特务、社会渣滓不断地剥削压榨着祥子，最终毁灭了他的理想，吞噬了他的灵魂，摧残了他健壮的身体，使他蜕变成了一具行尸走肉。黑暗的社会吞噬了祥子的灵魂，不合理的社会制度以及它吃人的本质将他逼入堕落的深渊，一切个人的努力都变成了枉然。这是祥子的人生悲剧，更是整个时代、整个社会的悲剧。独斗、不合群、自私自利，再加上性格保守内向，这些都使他通过个人奋斗来改变自身命运的人生愿望成为理想的泡沫，这是底层民众普遍存在的弱点，也暴露出底层民众个人解放道路希望的渺茫。同时，老舍对以祥子为代表的旧社会城市底层民众人性中的劣根性作出了批判。

(二)《骆驼祥子》的鲜明的艺术特色

首先，用心理描写刻画人物性格。根据塑造人物形象的需要，《骆驼祥子》成功地通过细腻的心理描写刻画出鲜明的人物性格特点。如作品前两章对祥子买新车时的激动心情描写得细致入微。他"手哆嗦得更厉害了……拉起车，几乎要哭出来"，他把车拉到僻静地方，仔细端详，"就是那不尽合自己理想的地方也都可以原谅了，因为已经是自己的车了"。这段叙述通过细腻的心理描写，准确地描摹出祥子对车的异常喜爱以及买到车后按捺不住的兴奋心情，展现给读者一个对理想有着强烈渴望与追求的积极善良的祥子形象。

其次，富有生活气息与地域特色的语言。老舍的作品最突出的特色就是语言，无论是人物语言还是叙述语言，都活泼生动，其中多数是经过提炼加工的地道的北京话，它使作品富有浓郁的生活气息和北京地域特色。如祥子这样的话："你慢慢说，我听！"简短的一句话，把祥子直爽、青涩的个性表现得淋漓尽致，同时突出了北京底层人日常口语的特点。再如虎妞的话，"祥子！你让狼叼了去，还是上非洲挖金矿去了？""不喝就滚出去，好心好意，不领情是怎么着？你个傻骆驼！"，这些话体现出虎妞泼辣、粗野的个性，富有浓厚的生活气息，老北京的韵味十足。

拓展阅读

1. 老舍《四世同堂》，北京十月文艺出版社 2012 年版

老舍的小说大多以北京市民生活为题材，《骆驼祥子》和《四世同堂》都是这类题材的代表作，并且成为我国"京味小说"的源头，充分体现了北京的人文景观，同时又隐含了对近代国民性的一种批判精神。

《四世同堂》（图 1-6）是老舍先生的另一部著名的代表作。小说以卢沟桥事变爆发、北平沦陷为时代背景，向人们讲述了祁家四世同堂的生活故事，将以小羊圈胡同住户为代表的社会各阶层人士的荣辱浮沉、生死存亡生动真实地描绘出来。在日寇铁蹄下，广大平民惨遭蹂躏，揭露了日本军国主义的残暴罪行，反映了人们反抗日本侵略的英勇无畏，赞扬了中国人民崇高的爱国主义精神和高尚的民族气节。作品成功塑造了祁老人、瑞宣、大赤包、冠晓荷等一系列鲜活生动的艺术形象，描绘了风味浓郁的北平生活图画。

图 1-6 《四世同堂》封面

2. 老舍《茶馆》，作家出版社 2022 年版

《茶馆》（图 1-7）是老舍又一部以北京市民生活为题材的作品，以北京裕泰大茶馆为故事背景，以茶馆掌柜王利发为主要人物及叙事中心，描写了清末、民初及抗战胜利后三个历史时期北京的社会风貌，通过塑造一系列旧社会平民的人物形象，揭示出旧时代必然灭亡的社会历史发展规律。

图 1-7 《茶馆》封面

　　《茶馆》是一部享誉世界的优秀作品，不但淋漓尽致地反映了老舍作品所独有的"京味"风格，而且成为老舍戏剧创作的巅峰之作。在1958年3月，《茶馆》在北京人民艺术剧院首演，并一举获得了成功。《茶馆》作为中华人民共和国成立后的话剧精品，代表中国话剧第一次走出国门。从1980年至1986年，《茶馆》先后在西德、法国、瑞士、日本、加拿大等国家和地区演出，深受世界各国人民的喜爱。《茶馆》作为中华民族文化史上的艺术精品，为新中国话剧艺术带来了良好的国际声誉。

品鉴与思考

　　1.试分析当时的社会环境对祥子的悲剧命运产生了哪些影响？

　　2.谈谈你对虎妞这个人物形象所具有的多重含义的理解。

　　3.祥子在艰苦的条件下努力拉车养家、悉心照顾虎妞的过程中体现了他身上所具有的哪些美好品质？

《子夜》：茅盾笔下的"中国浪漫史"

《子夜》

一、作者简介

茅盾（1896—1981 年），原名沈德鸿，字雁冰。1928 年，他在发表第一部长篇小说《蚀》时开始使用笔名茅盾。他是中国现代著名作家、文学评论家、文化活动家和社会活动家，新文化运动先驱者之一，我国革命文艺奠基人之一，左翼文学的杰出代表。1896 年 7 月 4 日，茅盾生于浙江省桐乡县（现为桐乡市）乌镇。父亲沈永锡，通晓中医，虽是清末秀才，但是重视新学，具有开明、进步的思想，属于维新派人物。历史上许多作家、政治家的"第一位教师"是母亲，茅盾即由其继母养育长大。继母陈爱珠，是一位通文理、有远见且性格坚强的妇女。茅盾的启蒙教育开始较早，7 岁时便随父亲读过家塾、私塾，继母亲自指导其学习新学。8 岁时，父亲病重，茅盾入乌镇立志小学读书，后转入植材高级小学，从小就具有忧国忧民的思想。13 岁到湖州读中学。1913 年，茅盾考入北京大学预科第一类。从北京大学预科毕业后，因家庭经济条件困难，无力升学，入上海商务印书馆工作。其间改革《小说月报》，成为文学研究会的首席评论家，由于才学出众，后被调到国文部，与老先生孙毓修合作译文。

茅盾先后翻译出版青年读物《衣》《食》《住》，后又编《童话》一刊，这是茅盾文学创作的起点。1918 年，创作童话《寻快乐》。他的童话作品还有《大槐国》《负国报恩》《兔娶妇》《驴大哥》《金龟》《飞行鞋》《怪花园》《风雪云》。他参与了上海共产主义小组筹建中国共产党的工作，下广州参加国民党第二次代表大会，曾任国民党中央宣传部秘书。国共合作破裂之后，自武汉流亡上海、日本，开始创作小说《蚀》三部曲（《幻灭》《动摇》《追求》）和《虹》，从此开始了小说创作。这段上层政治斗争的经历为他开拓了文学的全社会视野并提升了对时代的整体把握能力及概括能力，也为他早期作品的创作提供了素材。"左联"期间创作了长篇小说《子夜》、短篇小说《林家铺子》、农村三部曲（《春蚕》《秋收》《残冬》）。抗战时期，茅盾辗转于中国香港、新疆、延安、重庆、桂林等地，发表了长篇小说《腐蚀》《霜叶红似二月花》《锻炼》和剧本《清明前后》等。中华人民共和国成立后，他历任中国文联副主席、文化部部长、中国作家协会主席，并任中国人民政治协商会议全国委员会副主席。在中国文学艺术工作者第四次代表大会上，茅盾当选为中国文联名誉主席、中国作家协会主席。中华人民共和国成立后，他的著述有《鼓吹集》《鼓吹续集》《夜读偶记》《关于历史和历史剧》《茅盾诗词》等。

晚年，茅盾经受着病痛的折磨，却仍坚持撰写回忆录。经人民文学出版社及其他出版社出版发行的茅盾的著作有《茅盾文集》《脱险杂记》《茅盾论创作》《茅盾文艺杂论集》《茅盾文艺评论集》《茅盾译文选集》《世界文学名著杂谈》《神话研究》，回忆录《我走过的道路》和长篇小说《锻炼》。人民文学出版社自 1984 年起陆续出版的 40 卷本的《茅盾全集》，收录了他的全部文学著作。

二、作品简介

《子夜》（图 1-8）写于 1931 年 10 月至 1932 年 12 月，由上海开明书店于 1933 年出版。《子夜》是一部深刻反映 20 世纪 30 年代初期中国社会生活的长篇现实主义小说。它的出版震惊了中国文坛，瞿秋白把这一年称为"子夜年"。瞿秋白曾评论说："差不多要反映

中国的全社会，不过是以大都市做中心的，这是 1930 年的两个月中间的"片段"，而相当的暗示着过去和未来的联系。这是中国第一部写实主义的成功的长篇小说。"[1] 在当时产生了轰动的影响。作品以上海的工业和金融业为中心，以 1930 年春末夏初蒋冯阎军阀混战、帝国主义转移经济危机、工农革命风起云涌、反动当局镇压和破坏人民的革命运动为背景，呈现了当时中国社会的巨变和时代特征，对 20 世纪 30 年代的中国社会做了全景式的描绘。作品塑造了民族工业资本家、买办资本家、地主、革命者、工人群众、政客、交际花、各类知识分子等典型人物形象，描写了帝国主义掮客的活动，中小民族工业被吞并的危机，公

图 1-8 《子夜》封面

---

[1]　瞿秋白：《〈子夜〉和国货年》，《申报·自由谈》1933 年 4 月。

债场上惊心动魄的斗法，各色地主的行径，资本家家庭内部的各种矛盾等。其人物关系错综复杂，反映了当时社会各阶级、各阶层的人生百态，展现出宏阔的社会生活画面。这部长篇史诗性的作品，围绕着民族资本家吴荪甫与买办资本家赵伯韬之间的矛盾斗争，全方位、多角度、清晰地展现了 20 世纪 30 年代初中国社会的时代风云与第二次国内革命战争时期陈杂的矛盾冲突，反映了革命深入发展、革命形势呈星火燎原之势的中国社会风貌。作为一部优秀的长篇巨作，《子夜》具有宏阔的体制和史诗性的风范，为中国革命文学在长篇创作方面的发展奠定了基础。

三、文本解读

（一）标题的意义

从标题上看，"《子夜》初版内封的题签下反复衬写着的英文是' The Twilight: a Romance of China in 1930'，意思是'夕阳：1930 年中国的浪漫史'，'夕阳'是茅盾最初设计的书名"。[①] "子夜"是后来更改的名字，寓意天亮前最黑暗的时刻，虽然艰难，却即将迎来希望。作者以"夕阳""子夜"暗讽当时蒋介石在南京建立的国民政府，具有明显的批判意味，同时也表达了作者对中国人民即将冲破黑暗走向黎明的坚决信心。小说第一章也呼应了标题所暗示的另一层意义——封建势力必然灭亡。如吴老太爷进城的那一段，他不进城还好，进了城，受了城里的"腐化""堕落"的刺激，吴老太爷一命呜呼，这本身正是一个很好的讽刺，吴老太爷代表的封建地主阶级彻底溃败，象征着封建势力必将灭亡。

（二）塑造典型环境中的典型人物

《子夜》中的吴荪甫是一个性格丰满的人物，是 20 世纪 30 年代初期中国工业资本家的典型代表。他是一个复杂多变的人物，在他身上充分体现了中国民族资产阶级的两重性，一方面，他在面对帝国主义和官僚买办主义的压迫时，表现出了反抗性和进步性；另一方面，在面对工人、农民及同行业的弱者时，他又残酷地压榨，唯利是图，毫不手软，表现出其保守、反动、自私的一面。对于军阀混战，他充满了反感，但为了他的公债利益，他又不希望这场战乱马上停止；他与买办资本家赵伯韬之间矛盾重重，甚至充满了敌意，但为了金钱，为了利益，他又不得不与赵伯韬暂时合作。在吴荪甫身上，我们既看到了他的民族意识，又看到了资本家的阶级局限性。

---

① 陈思和：《中国现当代文学名篇十五讲》，北京：北京大学出版社，2003 年，第 323 页。

吴荪甫的形象具有鲜明的个性特征，他精明强干，有眼光，有魄力，手腕灵活，懂得欧美现代化的管理知识，具有振兴中国民族工业的雄心，但这一切都是为了满足他的资产阶级个人利益；他的性格又有明显的缺点，他刚愎自用，在困难挫折面前却又色厉内荏、软弱无能。在家庭生活中，他一面是封建伦理道德的维护者，充满了道貌岸然的虚伪；另一面却玩弄他人，与一向尊崇他的妻子逢场作戏、貌合神离。

吴荪甫最终的破产失败是必然的，这是由中国民族资产阶级的软弱性决定的。中国民族资产阶级企图摆脱帝国主义和官僚买办的压迫，幻想走上独立发展的资本主义道路，而历史事实证明，这只能是美丽的幻影，终究成为历史的悲剧。

（三）结构特征

结构上，《子夜》以繁杂的蛛网式结构来组织全篇故事情节，追求宏大而严谨的布局。人是一切社会关系的总和，是客观条件、客观环境打造了人的性格特征。所以，茅盾总是从多方面、错综复杂的社会关系中，以变化的视角来突显人物性格，吴荪甫的性格便是在错综复杂的社会关系中展开描述的。他与亲属的关系，与官僚资本家及中小资本家的关系，与工人、农民的关系，构成了一个蛛网式的结构，多线交织并行发展，又中心突出，表现出当时复杂的社会生活，概括了纷繁万状的社会生活现象，构成了一幅20世纪30年代初期中国社会的全景图，宛如一部农村与城市的交响曲，格局宏富且开阔。各种事件烦琐复杂、有张有弛、跌宕起伏、一波三折，叙事视角灵活多变，各章节间既相对独立、条理清晰，又纵横交织、相互关联，将丰富的社会事件、人物形象有机地、完整地结合在一起，构成一幅完整的艺术画卷，具有史诗的悠远韵味。

拓展阅读

1. 茅盾《林家铺子》，京华出版社 2005 年版

茅盾一生创作了很多优秀的文学作品，如长篇小说《子夜》《虹》，中篇小说《蚀》三部曲（《幻灭》《动摇》《追求》），短篇小说《林家铺子》、农村三部曲（《春蚕》《秋收》《残冬》）等。

《林家铺子》（图1-9）以1932年"一·二八"事变前后江浙一带的农村生活为背景，勾勒出当时外有日本帝国主义军事、经济侵略，内有国民党官吏的压榨以及封建地主高利贷的剥削，人民饱受煎熬，社会动荡不安的社会生活图景。林家小店铺的破产命运是当时

整个中国民族工商业的缩影。《林家铺子》和农村三部曲（《春蚕》《秋收》《残冬》）这几个作品主要反映了农村社会中的农民、民族资本家逐步走向觉醒、走向革命的过程，而茅盾的《虹》与《蚀》三部曲（《幻灭》《动摇》《追求》）则是反映知识分子群体逐渐觉醒并走向革命道路的过程。其中包含很多茅盾自身的体验与感悟，有些故事甚至是茅盾亲身经历过的，因而更加能表达出作者的真情实感。

2. 茅盾《幻灭：茅盾小说经典》，二十一世纪出版社 2013 年版

同一时代背景下，茅盾还创作了一组反映农村生活题材的作品：农村三部曲，由《春蚕》《秋收》《残冬》组成，三篇相继问世，各自独立又前后关联，反映了那一时期广大农民遭受的苦难，以及民族意识逐渐觉醒、勇于抗争的过程。老一辈的梦想已经破灭，青年一代则在严酷的现实面前崛起，走上武装反抗的道路，反映了中国农村革命发生、发展的必然趋势。

《虹》与《蚀》三部曲（《幻灭》《动摇》《追求》）都塑造了几位鲜活的女性青年形象，如《虹》的梅行素，《幻灭》的静女士、慧女士等。作者尤其细致描绘了这些进步青年女性的心理活动。《幻灭》（图1-10）描写了大革命前后青年知识分子们的思想动荡。作者将小资产阶级知识分子这个在中国革命中既特殊又具有重要地位的群体的心路历程深刻描画出来，用这个视角来讲述中国的大革命，也充分显示了茅盾对中国革命形势及中国社会发展的认识和把握，以及清醒的现实主义批判精神。茅盾在创作这类题材的小说作品时，具有鲜明的个人风格和行文特征，他笔下的女性形象都血肉丰满，在故事中扮演主要角色，发挥主要作用。这与他当时的亲身经历有关。他谈到《幻灭》的创作时说："记得八月里的一个晚上，我开完会，准备回家；那时外面下雨，没有行人，没有车子，雨点打在雨伞上腾腾地响，和我同路的，就是我注意的女性之一。刚才开会的时候，她说

图1-9 《林家铺子》封面

图1-10 《幻灭：茅盾小说经典》封面

话太多了，此时她脸上还带着兴奋的红光。我们一路走，我忽然感到'文思汹涌'，要是可能，我想我那时在大雨下也会捉起笔写起来罢？"[1]

品鉴与思考

1. 试从题材、人物塑造、结构等方面分析《子夜》的艺术特色。

2. 茅盾曾自评其《子夜》中"吴荪甫的悲剧中是带有某些悲壮的"。请你结合作品，谈谈他的"悲壮"是如何体现的。

---

[1] 茅盾：《茅盾散文选集》，天津：百花文艺出版社，1984年，第276页。

《生死场》：萧红笔下的"启蒙"与"抗争"

《生死场》

一、作者简介

萧红（1911—1942年），原名张秀环，笔名萧红、悄吟等，出生于黑龙江省哈尔滨市呼兰县（现呼兰区）一个地主家庭。母亲在她10岁时去世，父亲性格暴躁，祖父在她童年给了她唯一的爱与关怀，并教她诗文。1930年，萧红由于对封建家庭和包办婚姻的不满而逃婚出走，几经颠沛，困窘间向报社投稿，后幸得萧军相助，并因此结识萧军，两人相爱，萧红也从此走上写作之路。两人结识不少进步文人，参加过宣传反满抗日活动，一同完成短篇小说集《跋涉》。1934年，萧红完成的长篇小说《生死场》得到鲁迅的欣赏，在鲁迅的帮助下参与"奴隶丛书"系列出版。后又撰写了散文集《商市街》、小说《桥》等作品。萧红由此取得了在现代文学史上的地位。她富有成就的作品是写于中国香港的回忆性长篇小说《呼兰河传》，以及一系列回忆故乡的中短篇，如《牛车上》《小城三月》等。这位没有受过高等教育却有着颇高写作天赋的女性命运悲凉，1942年1月22日在中国香港逝世，时年31岁。

图 1-11 《生死场》封面

二、作品简介

《生死场》（图 1-11）是萧红的代表作，写于1934年9月，也是她早期创作的一个高峰。在《生死场》中，生与死仿佛成为一种习惯性的变换与推移。她从一个女性所特有的视角来观察生活，对人性这一古老的问题进行了透彻而深邃的诠释，为读者描绘了一群在无止境的生产、摧残之下不能承受身体之痛的女人，思索着苦难的时代、人生和命运，展现出一种震撼人心的悲惨景象，并叙述了我国 20 世纪 30 年代的一群麻木、愚昧的东北人的活生生的苦难与救赎。小说分为十七章。

第一章：麦场

二里半家里的羊走失了，为了寻找自家的羊，二里半不小心踩坏了邻居家菜地里的白菜，被邻居抓住狠狠地打了一顿。虽然最后羊找回来了，但是由于挨打，二里半还是觉得养羊不是一个好的兆头，于是希望能通过常在城里往来的赵三找买主，将羊卖掉。

第二章：菜圃

成业和金枝悄悄在河边私会，想要自己寻找爱情的金枝怀上了成业的孩子，得知此事之后，成业的叔叔福发上门请二里半到金枝家说媒，本不愿意将女儿许配给成业的金枝母亲，却由于金枝的怀孕而无奈地答应了。

第三章：老马走进屠场

生活在死亡线上苦苦挣扎的王婆一家，由于难以缴纳地租，而不得不将家中陪伴多年的老马卖到屠宰场去换得几个能维持生计的钱。

第四章：荒山

月英曾经是打鱼村最美丽的姑娘，在饱受病痛的折磨后，又遭遇丈夫的遗弃，而被葬到了荒山之中。

赵三与李青山等人，为了抵抗这压迫和地租的升价，组成"镰刀会"，计划杀了为地主做事的刘二爷。但是计划还没有得以实施，赵三就因为打伤了小偷入狱，最后又是因为刘二爷的帮忙而得以出狱，随后便对地主的态度有所转变，并不像之前那样激烈地反对地租升价，地租的升价也就变为现实。

第五章：羊群

平儿当上了养羊人家的牧童，但有一次在羊背上嬉戏不小心撞到了主人家的少爷，被主人狠狠地教训了一顿，并被赶了出来。于是赵三让平儿与自己一同到城里去做鸡笼的生意。当季节一过，养鸡人家便不再购进鸡笼。赵三的生意开始变得惨淡起来，便放弃再进城兜售鸡笼，平儿又回到村里当上了牧童。

第六章：刑罚的日子

多个村里的姑娘生产，五姑姑的姐姐遇上难产，而李二婶子又碰上小产，只有村里的麻面婆顺利地生下了孩子。

第七章：罪恶的五月节

王婆做山贼为生的儿子，因为抢劫被抓，最后被枪毙了，得知此事的王婆伤心欲绝，一时想不开，服毒自杀，但是最终战胜死亡活了下来。金枝生下与成业的孩子，最后孩子却被身为父亲的成业活活摔死了。

第八章：蚊虫繁忙着

在收割繁忙的六月里，村里种麦子的人都忙着割麦，只有家里不富裕的王婆没有种麦。

第九章：传染病

传染病席卷村子，国外的医护人员来到村里帮助村民打疫苗和进行治疗，但是很多人因惧怕打针拒绝医治，传染病继而夺走村民的生命，平儿打了预防针，活了下来。

第十章：十年

十年后的村子依然如故，村里的村民都还是老样子地生活着，只是老一辈脸上被岁月画上了深痕，王婆也是一样，而平儿和罗圈腿长大了。

第十一章：年盘转动了

"九一八"事变之后，日本侵占了东北地区，东三省沦陷。

第十二章：黑色的舌头

日本人进村之后，大肆掠夺，田地荒废，牲口也被日本人抢得所剩无几，村民的日子更清苦了。日军胡乱在村中捉人，连王婆也差点被捉了去。

第十三章：你要死灭吗

看着村中的事态，赵三感慨亡国之痛，又想起当初所组织的"镰刀会"。李青山认为一群学生组成的革命军是派不上用场的，就自行组织了"红胡子胆量"的农民义勇军。

第十四章：到都市里去

家乡农村的落魄，让金枝逃到了城里，为了生计而靠缝补赚钱。后来在一次缝补时被强奸，她不愿意出卖自己的肉体来赚钱，于是又不得不回到了家乡。

第十五章：失败的黄色药包

最终由于势孤力薄，由农民组成的义勇军被日本侵略军打败了。平儿气势低迷，失去方向，赵三劝平儿再去投"爱国军"，但平儿拒绝了。

第十六章：尼姑

回到家中没有得到家人关心的金枝身心俱疲，想要出家为尼，但是到了尼姑庵，却发现早就空无一人，据说尼姑在事变后就跟造房子的木匠跑了。

第十七章：不健全的腿

已经跛了脚的二里半，将自己家中的老羊交托给了赵三之后，随即便跟着李青山走出了村子，踏上了参加人民革命军的道路。

整篇小说中并没有一个较为完整的主要情节和贯穿故事情节的主人公，文中的每一个生活画面都是相对独立的，每一章都有自己的主要情节和人物，以时间为线索将所有的故事贯穿起来。

三、文本解读

《生死场》原名《麦场》，后由胡风改名为《生死场》，是作者以萧红为笔名的第一部作品。此作品展示了"九一八"事变前后东北农村市镇的悲惨的生活景况。村民们的恩恩怨怨以及村民抗日的故事在萧红的笔下显得那么真实。在她的字里行间描摹着中国人对于生的坚强与死的挣扎。

故事描述了在偏僻的村子里，村民们在近乎一种原始的生存状态中，如同动物一般的生与死。一开卷，我们便能感受到那呼之欲出的浓重悲剧气氛。在萧红笔下，生活着许多为"生"而挣扎着的生命个体，他们织成了一幅悲凉的生存图画。作者通过对痛苦麻木、愚昧无知的芸芸众生的描写，勾勒出一幅幽暗深沉的群像式生活图景。这里人与动物的生命活动互为背景，其中多处描写将人与动物的生死以对比的手法呈现在读者面前，如第六章中揭示的人及动物皆忙于生育的共时性和共质性："在乡村，人和动物一起忙着生，忙着死。"然而在动物的衬托下，人生却显得更麻木无聊。故事中残酷的生存状态将人的价值大大减低，人作为人的价值已经消退。在村民们的心中，农作物的高收成远远重于亲情与爱情。比如在王婆讲述她摔死了孩子的事情之时，与看到麦田的丰收相比，她一点也不觉得死了孩子算是一回事。没有了孩子的牵绊，王婆反而可以全心全意收割。同样，成业也亲手将自己的孩子摔死，却从未惋惜；金枝娘也是如此，还算是疼惜女儿的她，在女儿糟蹋了柿子后，更疼惜柿子。作者一语道破："农家无论是菜棵，或是一株茅草也要超过人的价值。"在作者的笔下所展现的是"生死场"上悲壮的人生。他们在生活中受尽地主的剥削，遭受天灾疾病的困扰，甚至在亡国后勇敢地和侵略者对抗，作者怀着深重的悲悯情怀描写了这些农民体现出的顽强的生命力。

《生死场》的故事是以二里半寻找丢失的羊羔为开场的。从二里半寻找羊羔的整个过程以及他回到家中面对妻子的反应来看，我们可以看出他的妻子麻面婆的悲惨处境。她住在一间看上去像洞一样的房子里，拿着茅草进屋时如同一只母熊带着草进入巢穴。在传统的男主外女主内的情形下，她每日的工作就是洗衣服、做饭。麻面婆是个低能的女人，可是这样的女人，她也知道努力，知道要引起家人的注意。"寻羊"代表着传统社会中男性对外在世界的征服与控制，而"洗衣做饭"及其慌张的心理状态则象征着旧社会女性对男性的顺从和惧怕。这些杂乱无序的日常生活淹没了她的思想，禁锢了她的灵魂。

其次，王婆的生命也不亚于麻面婆的悲惨。在第三章中，王婆忍痛把多年饲养的老马送进了屠场，当恶面孔们要把马抬进去时，马却像树根一样盘结在地上不动，直到王婆给它搔搔头顶，它才卧在地面睡着了。人与牲畜相互依存、难分难舍，让人感到生活的无奈与悲苦。我们可以将"屠场"理解为世间万物的命运和终极归宿。这也是萧红在其作品中力求探索并传达给读者的生命真谛。在小说中，王婆无疑是众多女性中最为强悍的一位。她亲手摔死了自己的孩子，被邻居小孩称作"猫头鹰"，她一生历尽坎坷。在第七章"罪恶的五月节"中，王婆的死亡过程可以说震颤着每一个读者的灵魂。当她因为儿子被毙而绝望时，意图服毒死去，奄奄一息的王婆嘴角挂着白沫，后流出黑血。当她的身体有所缓好的时候，其夫赵三却因为怕垂死的她诈尸还魂，竟用扁担压迫她。命运多舛造就了王婆的不断反抗。当她体会到活着是一种煎熬时，想起三岁女儿的死亡，于是便发出了这样的声音："一个孩子三岁了，我把她摔死了，要小孩子我会成个废物。"这种近乎残忍的话语简直叫人触目惊心。二里半是个最善于委曲求全的人，对革命之类全无兴趣的他的眼中只有一只养家糊口的老羊，只想过自家的日子，结果却连这样最低级的生活要求也没能得到满足，日本人的侵略使他家破人亡，最后孤独地去参加了革命军。

在第四章"荒山"中，打鱼村最美丽的女人月英的悲惨处境更是让我们瞠目结舌、毛骨悚然。她疾病缠身，身体瘫痪，席子脏了，身上起蛆了，丈夫不但对她不闻不问，还打她，不给她水喝，只给她的身下垫起了一层冰冷的砖，直至最后头发、牙齿都绿了。这样的待遇让月英这个曾经是村中最美的女人彻底心寒了，当她看到镜子中的自己像"鬼"一样，悲痛地大哭，她的心早已滴血了。如果说肉体的折磨仅仅是短暂的疼痛，那精神的痛苦则让她最终丧失了生活下去的勇气。最后她被无情地扔到乱坟岗子，悲惨地死去。

最后，萧红在女性人物金枝的描写上下了很大一番功夫。对她的描写由成业与金枝之间的私会开始。尤其值得我们关注的是金枝的情爱世界。可以说金枝与成业的结合完全是性的需要，是本能的驱使。在不光彩的男女关系中，金枝肚子日渐变大，同时连带着羞耻、焦虑以及恐惧。而她的相好成业完全置若罔闻，态度更是诅咒的"活该愿意不愿意，反正是干了"。她的父母为此感到羞辱，村民们则是耻笑。在第十四章"到都市里去"中，金枝不得不走向金钱和欲望的火海。当她不愿意以出卖肉体为生，拿着仅存的一元钱回到家里后，母亲却冷冷地将一句"来家住一夜，明日就走吧"丢给了金枝，深深地刺痛着金枝脆弱的心灵。金钱压倒一切，在她的生命里，没有爱情，没有亲情，更没有友情，只有一个充斥着死亡、性欲和金钱的糜烂世界。当金枝在极度痛苦与屈辱中生下了她与成业的孩子时，她肝肠寸断地听着自己的丈夫剥夺了这个小生命的生存权——成业把孩子摔死了。女性的身体在这里是被使用、被咒骂、被毁坏以及被扼杀的。原本属于人与人之间最欢愉的男女关系，却因女性身体的变化被诅咒，被笼罩上了巨大的阴影，而这一切的最直接的承受者，则是身体的主人——金枝。

《生死场》中，只会在妻子身上撒气的二里半，笨拙软弱、"母熊"一样的麻面婆，认为麦粒比孩子命都重要的王婆，都"遗失"了时间，他们的时间是凝固的，生活是停滞的，他们如他们的山羊、老马一样过着无追求的生活，却活得更自私、沉重。五姑姑的姐姐痛苦地挣扎过后，生下来孩子随即死去。金枝过早地成为妇人，让金枝觉得"男人是炎凉的人类"的年轻人成业，毫不顾及妻子的感受和健康，像健壮的动物一样，不断地给自己的女人带来新的"刑罚"，即使怀胎数月，金枝依然做着沉重的家务，依然受着丈夫的暴虐。妇人的生产在萧红的笔下，带着血腥与恐怖，带着无限的痛苦和深深的无奈。人养育后代本为一件神圣的事情，然而在这里，除了苦难还是苦难，生产成了对女人的最大"刑罚"。所有的怜悯在这些可怜的生灵面前亦显得苍白无力。人们经年累月地和动物一样忙着生，忙着死。正是这种沉滞、闭塞的历史，造成了民族活力的窒息。现实的黑暗和生活的重负使人在死亡线上苦苦挣扎。

作者通过展示东北农民在"九一八"事变后的心路历程，展示了这是何等的社会，这是何等的人间。《生死场》的发表，符合时代的要求，呼唤民族意识的觉醒，对坚定人民抗击日本侵略的斗志起到了很大的鼓舞作用。但长期被笼罩在权力统治之下的人们屈从现实，苟且偷生、听天由命、自暴自弃、不愿抗争，以"人活着就是为吃穿""死了就完了"这种价值标准为生活尺度，固守着自私、保守、狭隘的小农意识，而这种心理状态又影响着农村的社会秩序。人们身上必然有着愚昧、落后、野蛮的成分，而统治者恰恰利用了农民的这些弱点和劣根性，推行愚民政策，丧权卖国，致使东北落入敌手。萧红等东北作家愤懑于历史的重负和阻碍民族前进的国民性病态，心怀不甘沉沦的历史责任感，用自己浸着血泪的心，发出时代的呼喊，也使东北作家群如一朵奇葩在当时的中国文坛闪动异彩。鲁迅先生称《生死场》写出了"对生的坚强和对死的挣扎，力透纸背"，萧红不愧为"中国第一女作家"。

拓展阅读

1. 萧红《呼兰河传》，陕西师范大学出版社 2018 年版

图 1-12 《呼兰河传》封面

《呼兰河传》（图 1-12）是萧红的另一代表作。该作品于 1940 年 9 月 1 日开始在中国香港《星岛日报》刊载，1940 年 12 月 20 日萧红在中国香港完成了《呼兰河传》整部书稿的创作，12 月 27 日全稿连载完成。这是一部以萧红自己的童年生活为线索的长篇小说，全文讲述作者孤独的童年故事，形象地反映出呼兰这座中国北方小城当年的社会风貌、人生百态。作者揭露和鞭挞了存在于中国几千年的封建陋习，这些陋习如毒瘤溃烂般给社会、给人造成了瘟疫般的灾难。作者在追忆家乡的各种人物和生活画面的同时，也刻画出记忆中家乡的这座北方小城镇的单调和美丽、人民的善良与愚昧。作者用自己深刻的生命体验描绘了一幅富有地方色彩的北方小城的风俗画面，萧红在这部作品中表现出更加成熟的艺术笔触，风格卓异，呈现出一种文学上的凄迷气质，既有感伤，又带着优雅，如一个离乡女子的絮絮倾诉，亦折射着一位有思想的作家对国民性的反思与批判，读来令人沉醉。正是这情感与理性的熔铸，使时年二十九岁的萧红成为中国文学史上一个独特的存在。而呼兰也不断成为众多读者所向往的一处精神故乡。

▶ 名家点评

萧红是当今中国最有前途的女作家，很可能成为丁玲的后继者，而且她接替丁玲的时间，要比丁玲接替冰心的时间早得多。北方人民对于生的坚强，对于死的挣扎却往往已经力透纸背；女性作品的细致的观察和越轨的笔致，又增加了不少明丽和新鲜。

——鲁迅

要点不在《呼兰河传》不像是一部严格意义的小说，而在于它这"不像"之外，还有些别的东西——一些比"像"一部小说更为"诱人"些的东西：它是一篇叙事诗，一幅多彩的风土画，一串凄婉的歌谣。

——茅盾

品鉴与思考

1. 如何理解萧红文学中所体现的民间性？

2.《生死场》这部小说不仅透露了萧红对生与死的人类命运之思考，还体现了作者对于祖国命运和民族兴亡的迫切关注。对此，谈谈你对人生有何感触？

3. 萧红在《生死场》的前十章中主要描写了女性身体和心理的种种感触，从女性的视角阐述了生与死的世界，表达了生命的个体力量和精神价值。那么，你从中如何理解对生命的探索？

《受戒》：汪曾祺的桃花源之梦

《受戒》

一、作者简介

汪曾祺（1920—1997年），江苏高邮人，当代作家、散文家、戏剧家，京派作家的代表人物。汪曾祺早年毕业于国立西南联合大学，历任中学教师、北京市文联干部、《北京文艺》编辑、北京京剧院编辑。他20岁开始发表文学作品，在短篇小说创作上颇有成就，年轻时受到西方现代派的影响，晚年作品逐渐走向平实，提倡"回到民族传统，回到现实主义"。汪曾祺著有小说集《邂逅集》，小说《受戒》《大淖记事》，散文集《蒲桥集》等，大部分作品被收录在《汪曾祺全集》中。他的作品重视语言的干净自然，优美疏淡，因此他的小说被称为"散文化"小说，堪称当代寻根文学的先声。

二、作品简介

《受戒》（图1-13）描写了聪明善良的小和尚明海和活泼热情的村姑小英子之间由朦胧模糊到大胆表白的爱情故事，营造出一种自然淳朴、健康快乐的理想生活境界，表达出作者对自由自在、原始淳朴、不受任何清规戒律束缚的桃花源式的生活的向往，以及对田园牧歌式美好生活的追求。汪曾祺在西南联大读书时曾师从沈从文，在创作上受到沈从文的影响很大。因此，汪曾祺的短篇小说《受戒》与沈从文的《边城》在内容及主题思想方面较为相似，都是有意识地表达一种生活态度与理想境界。从他的小说《受戒》中，似乎能看到沈从文笔

图1-13 《受戒》封面

下《边城》所描绘的湘西世界的神韵，不过"少些天然野性，多些江南的清丽明艳"。《受戒》刚发表的时候，在社会各界引起很大的轰动，受到很多赞扬，也引起不小的争议，因为其写法确实与传统意义上的小说大相径庭。

小说《受戒》出现在20世纪80年代，当时人们纷纷感慨于这种令人耳目一新的小说创作。作品透过清新疏淡的语言，向人们展现了一幅自然淳朴的生活图景，这美好的图景拨动了人们心里的一根弦，触动了人们内心深处的一个美丽的梦境，梦里有一朵清新脱俗的淡蓝色的花。沉浸在这梦里，人们感觉不到人生的沧桑，只会感觉到宁静、自然、蓬勃向上的美好人性。《受戒》没有集中的故事情节，也并非按照传统小说的章法按部就班地叙述，而是任文字不受拘束地自由驰骋。文本中采用了大量的叙述者的插入表述，小说的主题"受戒"这一场面本应被当作故事的高潮或者情节的中心，但在前文中却丝毫未提及，一直到小说即将结尾时才出现，并且是通过小英子的眼睛这一侧面视角表现出来的，完全打破了传统小说情节集中的原则，也因此被非议成"跑题"。

三、文本解读

（一）关于风俗的描写

作品中有很多关于善因寺与荸荠庵日常风俗的描写，如善因寺里到处是恶犬，竖立着"禁止喧哗"的牌子，还有"八百个和尚喝粥不出一点声音"的膳堂，等等；而相反地，荸荠庵和庵赵庄的日常生活却显得轻松愉快、洒脱自然，人们放焰口、做嫁妆、忙秋收，和尚可以娶亲、吃肉、喝酒、打牌，等等。这些关于风俗的描写对表达主题有着重要的作用。通过对比，可以反映出善因寺与荸荠庵的不同，善因寺给人一种压抑、戒备森严的感受，荸荠庵却给人一种轻松、愉快的感觉。读者可以从小英子身上看到一种大无畏的精神，她在善因寺那么庄重严肃的地方依然不管不顾地大喊大叫，体现出她自然洒脱的个性，象征着一种不受约束的人类的自然天性，更象征了一种自然界蓬勃向上的生命力。联系到作者当时所处的社会环境，以及他坎坷的人生经历，小英子正是作者理想的化身，作者通过塑造小英子这一形象，表达了希望能像小英子一样毫无羁绊、洒脱自然地面对生活，保持一种大自然所赋予人类的旺盛的生命本色的愿望。

（二）关于爱情的表达

明海与小英子的爱情是小说中重点描写的部分，两个青涩、稚嫩的少年之间产生了懵懂的爱情，一系列的动作描写、对话描写、心理描写、细节描写等，将两个人之间的情感发展由含蓄推向了大胆表露。《受戒》展示了一个人性解放、和谐美好的桃花源式的生活境地：二师父仁海接师母住在荸荠庵里消夏；三师父仁渡因为唱念做打样样精通，身怀耍飞铙的绝技，人又聪明风流，故其相好的不止一两个；就连资深的善因寺老方丈石桥也金屋藏娇娶了一个 19 岁的小老婆。小和尚明海与小英子的爱情就这样合情合理地萌发了。

明海正处在像花一样美好的年龄段，处在一个对于人生、爱情刚刚懵懂地认识和积极地向往的阶段里，在看到小英子掰荸荠时留在田埂上那一串清晰的小脚印后，便心乱了。天生羞涩的他无论如何也不敢向女孩子表白，但这份朦胧的爱已经在他的心里孕育，他的心里憧憬着一份纯真和美好的爱情。所以他的身影总是出现在小英子的家里、田地里，成为小英子的好帮手、好伙伴，虽只是被动地等待初恋的到来，但他对小英子的爱是坚定而不动摇的。这一点，小英子也在点滴日常中体察到了，她也清楚自己早已对这个聪明温顺的少年暗暗倾心，于是她勇敢地把这份爱表达了出来，从内心里释放出爱的激情。所以，活泼真诚的小英子主动地向明海表白了。正是这种主动的交流和呼唤，使明海和尚变得勇敢，使他战胜了自己的怯懦，勇敢地紧紧拥抱自己的幸福。

（三）写作主旨

作品以欢快的情绪为基调，以明海与小英子的爱情发展为主线，表达了作者对田园牧歌式生活的向往，作品中极力地发掘出美的、诗意的人性，肯定了人的价值与人性的解放。作者选用了幽默、清新的语言，营造出一种轻松活泼、自然洒脱的世外桃源一样的生活环境，在这样的优美清丽的境地中，人性得到了最大的释放，没有了世俗的约束，没有了社会的嘈杂与喧嚣，更没有人与人之间的功利争斗、尔虞我诈，一切皆以人的自由舒展为目的，所以，人的价值得到了肯定；同时，在洒脱自然的世外桃源里，人们表现出最美、最富有诗意的本性，这是一种人性的回归，是作者所要极力发掘的人性之美。所以，小说中看似有悖常理的事情却并不完全脱离实际，并给人的心理和视觉带来一种全新的艺术冲击力，让人相信生活原来可以这么美好。这篇具有田园美的文章散发出独有的吸引人的气质，像梦境里的一朵摇曳的淡蓝色的花，清新淡雅、亮丽脱俗。

（四）"梦"的解析

作者用行云流水般的散文笔触，塑造了一个令人魂牵梦萦的优美境地，人物洒脱自然，环境优美清新，超脱了世俗外物的牵绊，让人如入梦境，流连忘返。同时，作者也在文末标注了一行字："写四十三年前的一个梦。"为什么是"四十三年"前，又为什么是"一个梦"呢？回顾作者的创作历程，1980 年 8 月 12 日，对很多人来说，是极为平常的一天，而对于汪曾祺来说，却是令他终生难忘的日子。就在这一天，他完成了自己一生中最钟情、最重要的作品——《受戒》。就在他长舒一口气，准备搁笔休息的时候，忽然内心涌起了激动的浪潮，难以自已，又在完稿日期的后面加上一行字："写四十三年前的一个梦。""四十三年前"，按照完稿日期来推算，这一年正是 1937 年。当时，日本占领了我国江南地区，江北危急。17 岁的汪曾祺随同祖父、父亲到离高邮城稍远的一个乡村小庵躲避战火。在这半年的避难中，他体验到了一生难忘的朦朦胧胧的初恋情感。那个小庵的附近确实有户农家："这一家，人特别的勤劳，房屋、用具特别的整齐干净，小英子眉眼的明秀，性格的开放爽朗，身体姿态的优美和健康，都使我留下难忘的印象，和我在城里所见的女孩子不一样。她的全身，都发散着青春的气息。"[1] 为什么作者在文末一定要强调这是"四十三年前的一个梦"呢？用意何在？是因为作者借助这样一个"梦"，委婉地表达了对现实的无奈的控诉，作者只能在梦中、文本中实现自己的愿望，这是对现实的逃避，更表达了作者对美好生活的向往。

拓展阅读

1. 沈从文《边城：纪念版》，武汉出版社 2013 年版

汪曾祺在西南联大就读时曾师从沈从文，是沈从文的得意门生。因此，在文学创作上汪曾祺不自觉地延续了沈从文行文的一些风格，同时，又保持了自己的创作特点。沈从文的《边城》（图 1-14）是我国文学史上一部优秀的乡土文学作品，抒发了作者的乡土情怀。沈从文一生写下很多优秀的作品，《边城》却是奠定他在文学史上的历史地位的代表作，在众多作品中始终占据着重要的地位。

1999 年 6 月，《亚洲周刊》对 20 世纪全世界范围内的中文小说进行排名，评选出"20 世纪中文小说一百强排行榜"，其中包括海内外著名学者、作家的作品，最终，鲁迅的小说集《呐喊》排名第一位，沈从文的小说《边城》则名列第二。《边城》讲述的是一个哀婉而凄美的爱情故事，寄托着沈从文对"美"与"爱"的审美与追求，充分体现出人性之美。作品通过对湘西女子翠翠与少年傩送之间的爱情悲剧故事的描写，淋漓尽致地表

图 1-14 《边城：纪念版》封面

---

[1] 汪曾祺：《汪曾祺散文》，北京：人民文学出版社，2014 年，第 282 页。

现出湘西世界的地方风情美、人性美，表现出一种"优美、健康、自然而又不悖乎人性"的人生形式。

　　翠翠与外公相依为命，摆渡为生。外公年逾七十，仍很健壮；孙女翠翠十五岁，情窦初开。他们热情善良，淳朴厚道。在端午节赛龙舟的盛会上，翠翠邂逅了当地船总的二少爷傩送，傩送清秀聪慧，玉树临风，对翠翠也是一见钟情。傩送的哥哥天保也同时喜欢上善良、美丽的翠翠，托人向翠翠的外公求亲。于是兄弟俩按照当地习俗相约唱歌向翠翠求婚。哥哥天保自知唱情歌不如弟弟，亦知道翠翠喜欢傩送，为了成全他们，天保驾船外出闯滩，遇风浪而意外身亡。傩送觉得自己对哥哥的死负有责任，抛下翠翠远走他乡。兄弟俩的父亲看到自己的儿子一个意外去世，另一个远走他乡，都因翠翠而起，于是对翠翠不再有好感，不再赞同两家的婚事。外公得知此事为翠翠的人生大事又急又担忧，在风雨之夜的轰轰雷声中去世，留下翠翠孤独地守着渡船，她始终痴心地等着傩送归来，"这个人也许永远不回来了，也许明天回来！"

2. 汪曾祺、施叔青《作为抒情诗的散文化小说》，湖南文学 2012 年第 4X 期

　　汪曾祺的小说作品具有现代抒情风格，具有散文体裁中"形散神不散"的独特风格，是现代诗化小说的代表之一。并且，他受到晚明小品和归有光的"文气说"影响，以及近现代西方文学的影响，创作的作品便成为"作为抒情诗的散文化小说"这样一种独特的融合式文学体式。中国台湾作家施叔青通过梳理汪曾祺在散文化的中国现代抒情小说，体会其中的师承和传承关系，将其风俗视为"一个民族集体创作的生活抒情诗"的写作。

　　汪曾祺小说多第三人称全知叙事，在视点几乎不发生转换的情况下，借由贴近人物叙述，内容生动感人。谈到《受戒》的创作，汪曾祺曾说道："我写《受戒》，主要想说明人是不能受压抑的，反而应当发掘人身上美的、诗意的东西，肯定人的价值。我写了人性的解放。"[1]

品鉴与思考

　　1.《受戒》叙述故事刻画人物的文字不多，却用一半篇幅描绘生活情境和社会习俗，这是为什么？

　　2. 汪曾祺在小说《受戒》的结尾标明："一九八〇年八月十二日，写四十三年前的一个梦。"具有怎样的含义？

---

[1]　陆建华：《汪曾祺的春夏秋冬》，郑州：河南人民出版社，2005 年，第 171 页。

3.《受戒》主要描写了小和尚和农家少女的情感故事，体现了明海和小英子之间纯真无瑕的爱，蕴含着作者对生活的热爱和理想人生的追求，洋溢着人性的光辉。对此，你有哪些人生感悟？

4.试分析《边城》中的风俗美、山水美、人性美。

《活着》: 余华与"活着"的力量

《活着》

一、作者简介

　　余华，1960年4月3日出生于浙江杭州，祖籍山东高唐。3岁时随父母迁至海盐。曾就职于海盐县文化馆和嘉兴市文联，从事过5年的牙医工作，1983年开始写作，后就读于北京鲁迅美术学院和北京师范大学联合举办的研究生班，曾定居北京从事职业写作，是中国大陆先锋派小说的代表人物之一，与叶兆言、苏童等人齐名。其小说从叙述风格出发大致可分为两类：一类以传统的写实手法为主，但又不同于传统故事小说；另一类则借鉴各种现代主义表现手法，搅乱时空界限，制造神秘氛围，还原欲望骚动，表现心理变态以及意识混乱等种种奇异感觉。主要作品有长篇小说《在细雨中呼喊》《活着》《许三观卖血记》等，中短篇小说集《我胆小如鼠》《现实一种》等，随笔集《音乐影响了我的写作》《没有一条道路是重复的》等。其作品已经被翻译成多种文字，在英、法、德、荷、意、西、挪、日、韩等国出版。余华曾于1998年获意大利格林扎纳·卡佛文学奖，于2004年获法国文学和艺术骑士勋章，于2005年获首届中华图书特殊贡献奖，等等。其中《活着》和《许三观卖血记》同时入选中国百位批评家和文学编辑评选的"20世纪90年代最有影响的10部作品"。

二、作品简介

　　活着，在我们中国的语言里充满了力量，它的力量不是来自叫喊，也不是来自于进攻，而是忍受，去忍受生命赋予我们的责任，去忍受现实给予我们的幸福和苦难、无聊和平庸。

（选自余华《活着》，作家出版社2015年版）

　　地主少爷徐福贵嗜赌成性，没日没夜地吃喝嫖赌，终于败光了家业，一贫如洗，阔少爷变成一文不名的穷光蛋。老爹也在亲手处理掉所有的田产之后，气死于由老宅迁到茅屋的当天。怀孕的妻子家珍带着女儿凤霞离家出走，一年之后又带着新生的儿子有庆回来了。穷困之中的福贵因为母亲生病前去求医，却被国民党军队拉了壮丁，后来又糊里糊涂地当了解放军的俘虏。他历尽千辛万苦，终于平安回到家乡，却得知母亲已经去世，妻子家珍含辛茹苦养大了一双儿女，但女儿凤霞因高烧不幸失声，儿子有庆还算机灵活泼，一家人继续过着清贫而又幸福的日子……然而，真正的悲剧从此才开始渐次上演。为了救县长春生的夫人，有庆为她输血，护士抽有庆的血时，不加节制，有庆便因失血过多而死，一家人悲痛欲绝，福贵更是不能原谅春生。后来凤霞认识了忠厚老实的二喜，两人喜结良缘。然而不幸的是凤霞生下一子后，自己却因难产而死。凤霞死后，福贵的妻子家珍也撒手人寰。凤霞的儿子取名叫苦根，聪明可爱。但是好景不长，几年后，二喜在一次事故中惨死。

　　在失去了其他亲人之后，福贵与苦根相依为命，他们共同的心愿就是攒钱买一头牛。钱终于攒够的时候，苦根却已经死了。徐福贵活着，好像就是为了看着身边的人一个个死去。他亲手埋葬了自己的儿子、女儿、妻子、女婿和年仅7岁的外孙苦根。而他却没有这种"幸运"。他只能活着，因为这是他的命运。

　　后来福贵一人买回了牛。那本来是一头正要被宰杀的濒死的老牛，它已经干了很多活，受了很多罪，就算不杀它，恐怕也活不长了。10年的时光转瞬即逝，"两个老不死的"——徐福贵和老牛居然都没有死，他们活着。福贵赶着牛去犁田，在吆喝的时候嘴里也喊着所有死去亲人的名字，好像他们也都是些驾着轭正在埋头犁田的牛。一头牛在犁完所有该犁的地之前，一个人在挑足他应挑的担子之前，上天是不会让他的生命提前结束的。

三、文本解读

　　《活着》（图1-15）是余华创作的一个分水岭，它的出版，标志着余华从沉迷死亡叙述的状态中醒来。《活着》体现了余华将目光转向民间大众以及他们的生活，用平静又蕴含着淡淡的温情的语调讲述"老百姓"的故事的一部具有代表意义的作品。在这本书中我们可以看到，他开始在黑暗中寻找一点生命的灵光和温暖的踪迹，带给人的是生命的感悟和心灵的抚慰。

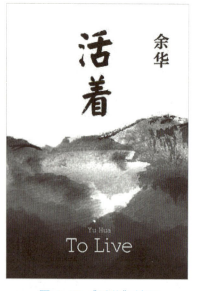

图1-15 《活着》封面

《活着》讲述的是徐福贵的人生故事。以时代划分，福贵的故事可分为民国时代的福贵故事和共和国时代的福贵故事；以福贵的内心欲望划分，则可以分为作为纨绔子弟的福贵故事和作为坚韧的父亲的福贵故事。他面对亲人们接踵而至的死亡的打击，最后只与一头同样孤单衰老的老牛相伴，却依然能够平静安然地活着，让人不禁想要探究他的内心有过怎样的痛楚和挣扎，又因获得了什么支撑下去的力量及足以抚平创伤的慰藉，使他能够如此浑然安适地活着。这样一个普通人，带给我们的感动是来自生命最深处的。

余华用看似传统的叙述方式，用冷酷的文字，把情节一次次推向了极端，让人物在巨大的痛苦中和命运对话，展示他们的无奈和挣扎，这就是死亡。频仍地面对死亡，任何一个人都难以面对。也许有人以为可以睿智乐观地分析出当时社会和时代的缺陷，以求来日避免，也许有人会指责"福贵们"缺少更为积极的努力或抗争，但细想每一桩每一件天灾人祸，对于平凡的个人来说都有着宿命般的必然，不是微薄的人力可以抗衡的。死者和生者天人永隔，再不能互亲互爱、相知相惜。以往的点滴悲喜记挂在心头，而眼前身边再没有了熟悉的身影，这样的一种失落是无法弥补的。一个至亲往往与自己的生命和精神血肉交融、灵犀相通，那亲人的逝去便会造成自身生命的缺失，"心碎"两个字形象地表现了这种永久的失落和沉痛。

《活着》用苦难直击着我们的心灵，努力展现的是福贵与他一家人对待苦难的方式。文中有一段描写福贵与儿子卖羊的情节。这段描写用平实的文字显现着实在、琐碎、含辛茹苦的现实。在苦难的岁月里，饥饿的威胁、灾难的逼迫，仍然使这些勤劳、善良、朴实、劳苦的人不敢对无望的现实有丝毫的怀疑。"队长去了三次公社，一次县里，没有拿回一颗粮食，只带回来几句话：'大伙放心吧，县长说了，只要他不饿死，大伙也都饿不死。'"这样的话人们是不敢不信的，他们能够做的无非是心存希望，苦苦等待，或者如福贵一样狠心地将儿子辛苦喂大的羊卖给肉铺子。对于特殊年代里的人民，现在的读者无法批判他们的愚昧与迂腐，因为他们的目标就是"活着"。外在的评价、世俗的观点、物质条件的满足，都不是死或活的理由，自己的真实感受和精神需要才是人生的力量源。

在这里，我们可以清楚地看到余华的《活着》在观念上由过去的"冷漠"变成了"同情"和"理智"，在形式上也和过去不同，是用更"现实"的方法让主人公自己叙述故事，以求对生活的真实状貌进行还原，让人更为真切自然地感到"活着"的艰难。真实的、沉重的人生染红了福贵那片灰暗抑郁的精神天空，让他艰难执着地"活着"。文中有如下描写。

家珍让我再背她到村口看看，到了村口，我的衣领都湿透了，家珍哭着说："有庆不会在这条路上跑来了。"我看见那条弯曲着通向城里的小路，听不到我儿子赤脚跑来的声音，月光照在路上，像是撒满了盐。这撒在心灵伤口上的盐引起的痛，永难平抚。

（选自余华《活着》，作家出版社 2015 年版）

这段话是淡化处理的情感，但浓浓的悲哀早已溶入人物血液。因而这寥寥数语，有着令人咀嚼不尽的况味，余华把这种生命的悲剧性和不可把握性，借福贵这个人物表现了出来，让他一次次面对死亡，面对命运的捉弄，充分感受了苦难。《活着》是余华对苦难最形象的展示和排演。一个苦难接着一个苦难，令人应接不暇，窒息压抑，以至于读者会在一次次冷静的叙述中黯然神伤。

关于死亡，除福贵的亲人外，《活着》还涉及了龙二和春生的死，这两个人的死亡易被人忽视，但正是这两个人的死映衬了福贵对待苦难乐观、豁达的态度，进一步证实了他朴素的生活哲学。

余华在《活着》里，以大众的欲求来观照生命的价值，以现实的态度来描绘"活着"的图景，以达观的态度来书写人对苦难的承受力，因而在小说里，人生的终极理想不复存在，存在和流动的只是如何去"现实地活着"，"活着"就是终极价值，"活着"就是一切，在追求"活着"的状态中消除死亡带来的恐惧。

福贵仅仅是中国大地上的一个卑微的生命，这个卑微的生命却见证了几十年来历史上几乎所有的灾难：饥饿、贫穷、疾病。他以他的微不足道顽强地抵御了种种灾难，这不能不说是他"平常"哲学胜利的体现。

而福贵因一时疏忽失去了最后一个亲人小苦根之后，再没有希望可以延续，四十年，弹指一挥，沧海桑田，只有一头老牛为伴时，他反倒坦然了，进入了一种超然的境界。小说中"我"遇到的许多和福贵一样年龄的老人，也许生活要平坦得多，现今也有儿孙环绕，但他们的微笑和眼泪是空洞和衰老的表征，他们对往事的记忆仿佛只有自身之外道听途说的零星几点，而且已经毫无热情。而历经重创的福贵在艰辛、孤单的生活中，却颇有生命活力，性情更加幽默风趣。沉默、坚韧的他就这么无声无息地继续活着。余华还向我们描绘了福贵和他的老牛在田里耕作时充满生趣的情景。他自得其乐，一边犁地一边唱着"皇帝选我做女婿，路远迢迢我不去"的歌谣；他想了一个有趣的驯服老牛的法子，用自己死去亲人的名字来假想其他耕牛，以激发老牛的活力。与其说他是为了驯服老牛，不如说他享受着一份兴味和得意，或者说营造了一份与亲人同在的氛围。生命里难得的温情被一次次死亡撕扯得粉碎，只剩老了的福贵伴随着一头老牛在阳光下回忆。一个生命力如此丰沛的老人，怎么也不像经历过多次失去至亲的人。小说没有写他太多的内心感受，却让读者陷入深深的思考。

拓展阅读

1. 余华《现实一种》，上海文艺出版社 2004 年版

《现实一种》（图 1-16）收录了余华在 1986—1987 年写作的三篇小说，每一篇小说都可以被称为一个寓言。这寓言背后，是人性的丑恶与残酷。"《现实一种》中的三篇作品记录了我曾经有过的疯狂，暴力和血腥在字里行间如涛般涌动着，这是从噩梦出发抵达梦魇的叙述。为此，当时有人认为我血管里流淌的不是血，而是冰碴子。"[1]

读《现实一种》，你会感觉到人性的荒诞、冷漠、悲凉、残酷，人物在无助中绝望、疯狂，最终走向死亡。在作品中，你感受得到人性的泯灭、良知的荡然无存，每个故事都呈现出人人相残的可怕现实，揭露了一个丑恶无情的现实世界，让人不忍直视人生的痛苦和现实中的丑恶，而作家余华却能够忠实于自己对世界的感

图 1-16 《现实一种》封面

受，并且真切地再现出自己的这种感受，使其作品的表现力更加丰富。这算是美学中的"审丑"？抑或是对传统美学观念的反叛？

2. 余华《许三观卖血记》，北京十月文艺出版社 2017 版

"余华在文体转型之后的代表作《活着》和《许三观卖血记》两部长篇小说充分体现了 20 世纪 90 年代初小说写作在文体上的新特点，作家开始在洞悉、把握现实生活，乃至在世界结构存在的前提下建立起自己的艺术表达结构，不再刻意虚构、设置，而是注重装饰性、技术性因素，使小说的文本结构与现实世界的存在形态能形成和谐、默契的对应关系。站在民间立场上使小说的语体呈现朴素、柔和又蕴含灵性和审美情趣的独特语感、语调，创造出一种独具一格，具有艺术魅力的自由语体。从此，余华开始关注普通人的日常生存状态，关心他们的生存哲学、日常伦理和道德观念。这一转变典型地体现

---

[1] 余华：《黄昏里的男孩》，北京：新世界出版社，1999 年，第 2 页。

图 1-17 《许三观卖血记》封面

在他的《许三观卖血记》中。"[①]

《许三观卖血记》（图 1-17）讲述了一个悲喜交加的感人故事。主要人物许三观靠卖血渡过了人生的一个个难关，战胜了命运强加给他的惊涛骇浪。而他老去之时，发现自己的血再也没有人要了，因此他的精神崩溃了。余华在小说中展现了平凡的小人物在浮沉的时代之中的挣扎，他们用并不厚实的手掌不断拍打出激荡的浪花，观望着模糊的前路，而其间的苦难与悲情却又清晰可见，平凡之家的悲剧、喜剧在余华细腻的笔触下显得可笑而又可怜。在讽刺幽默的行文之间又可看出人物苦中作乐的无奈，以及现实与理想之间永远也无法抹平的鸿沟。

品鉴与思考

1. 根据《活着》，谈谈你如何理解"先锋小说"？

2. 在充满艰辛与痛苦的现代历史环境中，"苦难"几乎是每一个写作者无法绕开的问题，试分析余华的长篇小说《活着》是如何面对并处理苦难的？

3. 小说《活着》中的主人公福贵在一次次面对困境时，身上涌动着怎样不息的生命力量？

---

① 李平：《余华与先锋小说的变化》，《东方论坛》2004 年 5 期。

《变形记》：卡夫卡的"异化"与"现实"

《变形记》

一、作者简介

弗兰兹·卡夫卡（1883—1924年），出生于一个犹太商人的家庭，是西方现代主义文学的先驱、20世纪著名德语作家，也被誉为"荒诞文学之父"。他一生执着于小说创作，共有四部短篇小说集和三部长篇小说，其中具有代表性的作品有《巨响》《城堡》《变形记》等。他荒诞不经的创作风格对后世产生了深远的影响。

卡夫卡的父亲性格粗暴、蛮横，对卡夫卡的管教也较为严格，致使卡夫卡一生都处在父亲的阴影之中，造就了他孤独、奇零、内向的性格特点。他自幼喜爱文学和戏剧，青年时期就读于布拉格卡尔·费迪南德语大学学习文学与艺术，后改学法律，21岁开始着手写作，《一场斗争的描写》是他最早创作的文学作品，可惜已经遗失。他生前撰写的小说大多未发表，三部长篇小说也处于未完成的状态。卡夫卡在时代的影响下，对尼采、柏格森哲学颇有研究，加上他并不热衷政治，因此他的作品总是表现出荒诞悖谬的主题和梦幻神秘的风格特点。

二、作品简介

短篇小说《变形记》是卡夫卡最具代表性的作品之一。《变形记》的创作不仅是表现现代社会中人的异化和孤独，更是极具表现主义风格特征的艺术珍品。它是一部充满荒诞和寓言的现代文学作品。故事围绕推销员格里高尔·萨姆沙在一天早上突然变成一个甲虫的经历而展开，既包含了荒诞悖谬的主题内容，又表现了孤独、痛苦、冷漠的人情变化和个人情感。在男主人公能够以他微薄的工资支撑整个家庭的开销时，他是备受尊敬的长子和哥哥，但当他突然发生了改变，从人变成了甲虫，失去了劳动能力之时，家人的态度就发生了很大转变，最终导致男主人公在饥寒交迫中结束了自己的生命。

三、文本解读

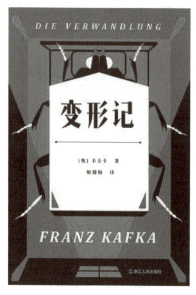

图1-18 《变形记》封面

《变形记》（图1-18）作为卡夫卡的重要短篇小说，是西方现代主义流派中表现主义的代表作。作者运用了丰富的意识流技巧，通过描写变成甲虫后的萨姆沙内心的独白、幻想、回忆等手法来表现人的精神世界，以荒诞奇异的方式揭示了处于现代社会中人与人之间的关系。"意识流"在文学中的概念是由文学家梅·辛克莱在1918年评论英国陶罗赛·瑞恰生的小说《旅程》时引入文学界的，意识流文学不仅是西方现代主义文学的重要分支之一，也表现于中国及日本现当代文学中，目前已有中国文学家将意识流手法结合现当代文学进行开创性尝试，代表有刘以鬯的《酒徒》，余华的《在细雨中呼喊》《世事如烟》等。

《变形记》全篇主要由三个部分组成。

第一部分，讲述了在一个平淡的清晨，格里高尔醒来后突然发现自己变成了甲虫，突如其来的变故使他本人和家庭的生活都发生了很大变化。主人公格里高尔对这样的变故感到惊愕与无助，但却没有人告诉他该怎么办。

第二部分，格里高尔身体上的巨变使他的生活方式也随之改变了，现在的他有着众多的足，像甲虫一样生活着，但依旧具有人的意识。失去工作的他依旧关心着家中的琐事和家庭成员所遇到的困难与问题。但不久之后，家人对格里高尔的态度却发生了变化。从前亲近的家人现在将格里高尔视为累赘和负担，并对他展现出了厌恶、嫌弃的态度。

第三部分，少了格里高尔这个支柱以后，全家人为了生计，只能打工赚钱，但身为一只甲虫的格里高尔只能待在屋子里，因此，全家人对他都感到很不满，尤其是妹妹，她希望能够将这个毫无用处的亲哥哥马上赶走。格里高尔在这样的境遇中仍旧心系着家人，但现实的残酷使他不得不低下头，面对亲情的冷漠和患病的身体，他最后带着满腹的担忧和内疚在孤独、痛苦、饥饿中，无声无息地死去了。

《变形记》的主要故事线索看似是格里高尔变成甲虫之后发生的一系列故事，但主人公"变形"后的内心感受和心理活动才是小说的真正主体。这个"甲虫"的内心世界是充实而庞杂的，他的心理活动从变成甲虫后的角度出发，感受周围的一切，回忆过去并联想今后的事；既有来自现实的真实感受，也有因恐惧、焦虑、痛苦与绝望而生的幻想、幻觉，与自由联想时相伴的时空倒错、逻辑混乱等，具有显著的意识流特征。而且，《变形记》的艺术特征是用象征性和寓言式的手法表现真实又荒谬的世界。"真实"在于作品描写了格里高尔变形之前真实的生活细节，"荒谬"则在于他变形后真实细腻的心理状态，让人感到他始终以荒谬的甲虫形态生活在一个真实的世界中。卡夫卡把甲虫的特点移到人身上，变成甲虫后的生活细节、心理转变、逻辑混乱都是逼真的，与变形前的人类生活形成了鲜明的对比。

拓展阅读

图 1-19 《酒徒》封面

1. 刘以鬯《酒徒》，人民文学出版社 2018 年版

中国香港作家刘以鬯的长篇小说《酒徒》（图 1-19）创作于 20 世纪 60 年代初，该作被誉为"中国首部意识流小说"，曾入选"20 世纪现代小说经典名著百强"。《酒徒》的故事主要讲述了 20 世纪 50 年代和 20 世纪 60 年代的中国香港社会状貌，当时的经济繁荣引发了文艺商业化。其中，一位追求艺术精神价值的作家不甘于其文学创作被商业化，又迫于生活无法实现自我艺术价值，只好一面坚韧挣扎，一面又自责忏悔，借酒麻醉自己。作者着重描写人物的内心意识发展，将酒徒的幻想与现实相融合，从侧面抨击了当时社会重金钱而不重文化的虚浮风气。

2. 余华《在细雨中呼喊》，北京十月文艺出版社 2018 年版

图 1-20 《在细雨中呼喊》封面

《在细雨中呼喊》（图 1-20）是余华在 20 世纪 90 年代创作的第一部长篇小说，也是中国现当代"意识流"文学中的典型代表之一。作品内容讲述了一位江南少年孙光林的成长经历和心路历程，运用意识流手法描写了主人公丰富的内心世界。作者余华将记忆中的碎片、联想、幻境等用过去、现在和未来的时间线串联，在三个

时空里切换自如，突破了传统意义上的时空限制，具有典型的意识流"蒙太奇"特征。该作于2004年3月荣获法兰西文学和艺术骑士勋章。小说中体现了亲情、友情、爱情、孤独、宽容、仁爱等人的情感与天性。

品鉴与思考

1. 卡夫卡的《变形记》与蒲松龄的《促织》讲述的都是人变成昆虫的故事，试比较一下二者在人物设置、表现手法、情节设置上有何不同。

2. 主人公格里高尔是世界文学史上的一个影响深远的经典形象，已经成为"变形人"的代称。试分析《变形记》的中心思想、荒诞的故事情节，以及小说里展现的西方现代社会人与社会、人与人、人与物之间的关系。

《老人与海》: 海明威笔下的悲剧式英雄

《老人与海》

一、作者简介

欧内斯特·米勒尔·海明威（1899—1961年）出生于美国伊利诺伊州芝加哥市西边郊区的小镇橡树园。他是蜚声世界文坛的美国现代小说家，20世纪最著名的小说家之一，也是"新闻体"小说的创始人。他一生著作颇丰，共有长篇小说10部，中篇小说1部，非小说4篇，短篇小说集9部。他本人始终以"文坛硬汉"的形象出现在世人面前，他朴实、直观的语言风格对欧美文坛产生了巨大的冲击。

海明威的父母都是清教徒，于是他在很小的时候便在瓦隆湖接受了洗礼，他童年的多数时间都住在瓦隆湖边的农舍中，生长在这里的海明威格外热爱自然，为他后来成为自然主义作家埋下了伏笔。少年时代在文学报社撰写文章、担任学报的编辑等经历为他的文学写作打下了基础。18岁时拒绝走进大学的海明威在美国《堪城星报》开启了他正式的写作生涯，成年后在经历了记者、救护车司机等多种职业之后，海明威创作了他的第一部小说《永别了，武器》。后来他的创作风格逐渐成熟，作品也逐渐趋于简练、硬朗。

《老人与海》是海明威最负盛名的作品之一，该著作曾在1953年获得普利策奖，又在1954年获得诺贝尔文学奖。因此，《老人与海》的知名度要远远高于海明威的其他作品。另外，由于海明威在创作《老人与海》时的年龄与心态都已趋近暮年，创作风格的改变也使得《老人与海》成为海明威作品中的独特存在。

二、作品简介

中篇小说《老人与海》中交织了信念、意志、勇气等坚韧的品质，使人看到了一个坚韧不屈的"血性男儿"身上所拥有的精神力量。故事围绕一位名为圣地亚哥的古巴老渔夫在离岸很远的湾流中同一条巨大的马林鱼搏斗的经历展开讲述，完美地塑造了作者想要展现的硬汉形象和顽强精神。这是一部人与大自然搏斗的小说，是一部非常现实且具有寓意的文学经典。故事中的老人虽然在物质上没有获得成功，但其精神上的成绩斐然。小说看似是写了一个老人，却见微知著地展现了一个广博的世界。

小说中，一位古巴老年渔夫独自在海上捕鱼，接连几个月都一无所获，很多人认为他运气不好，于是到了第 85 天，他为了证明自己的能力和勇气，决定独自一人去渔夫们未曾到过的深海打鱼。在海上，这位老人发现了一条很大的马林鱼，尽管捕鱼的过程中有重重困难，但他都一一克服了，经过两天两夜的艰难搏斗，老人最终将鱼叉刺进了马林鱼的心脏。在返回的途中，老人又遇到了鲨鱼的多次袭击，他再次凭借自己的勇敢，在缺少工具和帮手的情况下将鲨鱼杀死。尽管又一次渡过了难关，但当他最后驾驶小船入港口时，发现马林鱼已经被鲨鱼吃得只剩一副骨架。

三、文本解读

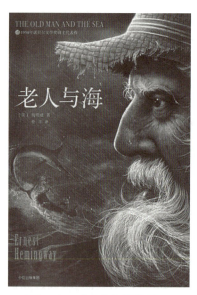

图 1-21 《老人与海》封面

在《老人与海》（图 1-21）这部小说当中，作者出色地运用了象征主义手法，讲述了在茫茫大海上发生的一系列惊心动魄的故事。同时，小说对人物的内心世界有所关注，较为全面地阐述了人物的内心变化，作者通过深度挖掘文本中所隐含的意蕴，寄寓了深刻的主题思想和象征意义。

小说中的大海、老人、小孩、马林鱼、鲨鱼等形象，分别象征人生的境遇、人的坚强意志、人的生存状态等。小说通过人与自然的对话、老人与大海的博弈来展现人对梦想的努力追求和不顾一切的勇气与毅力，不管结局如何，都让人感到钦佩，也使人充满力量。

《老人与海》通过老人坚持出海、捕获马林鱼、与鲨鱼搏斗等一系列冲突逐渐显现老人的精神力量。马林鱼、鲨鱼都是强壮有力的海洋霸主，它们在海中都是所向披靡的存在。但这位老人凭借暮年的衰老身躯，孤身一人面对这样的强大对手时依旧展开了激烈的搏斗，最终击退了一切进攻者，这是怎样的精神和力量？不得不让人叹服。这种以弱胜强、以少胜多的英雄主义精神，更加鲜明地表现出老人顽强不屈的意志和敢于与命运斗争的勇气。

拓展阅读

1. 杰克·伦敦《热爱生命》，北京燕山出版社1999年版

《热爱生命》（图1-22）是美国小说家杰克·伦敦在1907年发表的中篇小说，讲述了一个美国西部的淘金者在淘金返程的途中脚腕受伤，又惨遭同伴抛弃，无奈之下只得独自在荒原求生，后又遇到饿狼，最终克服重重困难得以生还的故事。主人公淘金者在求生的途中，将身上的金子一点点丢弃；面对饿狼，他迸发出生命垂危之际最后的强大力量，将狼咬死，得以存活。《热爱生命》通过淘金者的生存之旅展现了人的强大意志力和顽强生命力，表达了作者对生命的敬畏与热爱的同时还赞美了人在绝境中的力量、勇敢和坚毅等品质，强调了生命的可贵，歌颂了人性的光辉。

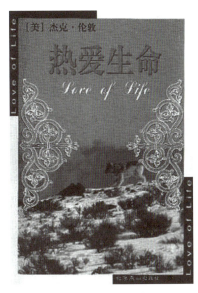

图1-22 《热爱生命》封面

2. 列夫·托尔斯泰《安娜·卡列尼娜》，译林出版社2014年版

《安娜·卡列尼娜》（图1-23）是俄国作家列夫·托尔斯泰在1873年至1877年创作的长篇小说。作品讲述了贵族之女安娜勇敢追求爱情，却在遇到种种挫败后卧轨自杀的故事。托尔斯泰以俄国农奴制改革为社会背景，将安娜·卡列尼娜和渥伦斯基的感情线索为主，讲述了安娜、列文、渥伦斯基等人之间的情感纠葛。庄园主列文的冷漠功利、渥伦斯基的自私虚伪、安娜的敢爱敢恨，是对莫斯科及周边城乡在土地改革中贵族及民众的真实写照，体现了资本主义制度下的社会矛盾。由于封建贵族地主统治日渐瓦解，民众思想受到了新兴资产阶级人文思想的冲击，安娜勇于追求自己所信仰的爱情就是解放思想的典型表现。

图1-23 《安娜·卡列尼娜》封面

品鉴与思考

1.结合《老人与海》中老渔夫圣地亚哥的形象，分析"人并不是为了失败而生的，一个人可以被毁灭但是不能被打败。"这句话有着怎样的内在含义？

2.《老人与海》描述了一个发生在茫茫大海上的看似平凡而又不平凡的故事，人们认为它确实是一部好书，是一部让人终身受益的作品，因为它给予了人们太多的人生启示，那么你读过这部著作之后获得了怎样的人生启示呢？

第二章

意境优美的散文世界

《逍遥游》：自由之美

《逍遥游》

一、作者简介

　　庄子（约公元前369年—前286年），名周，字子休（一说子沐），战国中期宋国蒙城（今河南省商丘市东北蒙墙寺村）人，著名思想家、哲学家、文学家，先秦庄子学派的创始人，曾做过漆园吏。其名篇有《逍遥游》《齐物论》《养生主》等，《养生主》中的"庖丁解牛"的故事尤为后世所传诵。庄子自幼家贫，却鄙弃荣华富贵与权势名利，力图在乱世保持独立的人格。他继承和发展了老子的思想，是老子之后道家学派的主要代表人物。后世将他与老子并称"老庄"。在唐天宝元年（公元742年），庄子被诏为"南华真人"，后人即称之为"南华真人"。庄子的思想从老子客观唯心主义和朴素辩证思想出发，追求逍遥无待的精神自由。庄子的学说内容极为广泛，包含了当时社会的方方面面，但是根本精神还是依存于老子的哲学，主要表现为三个环节：关于"道"的本体理论和"形"的现象论，主观唯心的相对主义认识论，无条件的精神自由。庄子主张顺应自然，"天道无为"。他认为一切事物都在变化，认为"道"是"先天地生"的，"道未始有封"，自然的比人为的要好，提倡无用、无为、无是非，认为大无用就是有用，齐物我、齐生死，物任其性，从而达到绝对自由。现存《庄子》一书，共33篇。学界一般认为"内篇"7篇是庄子所著，"外篇"15篇、"杂篇"11篇是庄子后学所著。庄子的文章在先秦散文中最富有文学色彩，行文跌宕有致、气势磅礴，语言流畅生动、华美富丽、多用比喻，想象丰富，幽默深刻，被称为"寓言体"，具有丰富的浪漫主义特色，对后世影响深远。鲁迅先生说："其文则汪洋捭阖，仪态万方，晚周诸子之作，莫能先也。"[①]

---

① 肖振鸣：《鲁迅评点古今人物》，福州：福建教育出版社，2010年，第6页。

二、作品简介

《逍遥游》是《庄子》(图 2-1)的代表篇目之一，文章追求在精神世界的自由翱翔，一再阐释无所依凭的精神主张。"逍遥游"的真正含义即为精神的完全解放，即顺应天地万物的自然之性，逍遥于万物之无穷，自在遨游，以获得绝对的自由。客观现实中的一切事物，包括人类这个群体本身，在庄子的眼中都是相互对立又相互依存的，而这样就不存在绝对的自由，要想无所依凭，就得"无待"。整篇文章充满了奇特的想象和浪漫主义色彩，将思想和道理融入寓言和生动的比喻之中，欲说理于世人。

图 2-1 《庄子》封面

《逍遥游》多运用形象化的写作方式，通过对世间各类事物与人物的对比，阐释一种相对自由的观点：世间万物虽各有高下，但物任其性，便可获得相对自由，但是只有"至人"才可能将个人融于万物客体之中，方能获得绝对自由，无所不在，无所不能。两种存在是截然不同的，后者是自由的更高境界。忘掉尘世功名，消除物我对立，摆脱一切制约，直至非意识，彻底出世，化于虚无之中，这种"至人"的境界也就是庄子的"逍遥"。它具有鲜明的个性解放、反抗浊世的时代特征。庄子的这种绝对自由的"逍遥"是对传统秩序的反叛与解构。[①]

《逍遥游》主要分为两个部分：文章前一部分是以大鹏、学鸠、斥鷃等事物来比喻说明一般生活中人们无法涉及的自在与逍遥，以及达到驾驭自然的境界；文章的后一部分则引入传说进一步分析达到逍遥的途径，提出只有无所为才能无所待，无所待才能获得绝对自由。作者行文自由、恣意纵横，运用比喻、联想与故事，以寓言体形式来阐发道理。全文想象丰富，语言生动，气势浩大，富有浪漫色彩。[②]

三、文本解读

在语言上，《逍遥游》音韵顿挫有致、节奏明快，诗体气势磅礴、铿锵有力，有着极具魅力的语言特色。

---

① 彭逸林：《艺术院校文学作品阅读精要》，重庆：重庆出版社，1999 年，第 16 页。
② 彭逸林：《艺术院校文学作品阅读精要》，重庆：重庆出版社，1999 年，第 16 页。

在节奏上，《逍遥游》中多处运用了重叠词、联绵词、押韵、节拍等手法。押韵的表现如"吾有大树，人谓之樗。其大本拥肿而不中绳墨，其小枝卷曲而不中规矩。立之涂，匠者不顾"。此例中，两头为 u 韵，中间换 ü 韵，句句押韵。节拍的表现如 2/2 拍的"至人／无己，神人／无功，圣人／无名"，或"东西／跳梁，不辟／高下，中于／机辟"。再者，文中的"苍苍""数数""世世""弊弊"等重叠词，"逍遥""彷徨""扶摇""泮澼""疵疠""淖约"等联绵词的运用，使整篇文字更富节奏感和音乐美，读起来更加朗朗上口。

在句式上，《逍遥游》长短句错落有致，四字句、判断句三五交替。读来朗朗上口、明快流利的四字句如"知效一官，行比一乡，德合一君，而征一国""东西跳梁，不辟高下，中于机辟，死于网罟"；舒缓语气、张弛有道的判断句如"《齐谐》者，志怪者也""名者，实之宾也"；以及使文章节奏波澜起伏，增强语言表现力的长短句如"之人也，之德也，将磅礴万物以为一，世蕲乎乱，孰弊弊焉以天下为事？""吾闻言于接舆，大而无当，往而不返。吾惊怖其言，犹河汉而无极也，大有径庭，不近人情焉。"这些用句特色都为《逍遥游》一文增添了极为宝贵的研究价值和美学价值。

在段落上，虽然段内句与句之间的联系与衔接十分密切，但是《逍遥游》并没有将段落之间的关系明确化。如在首段"北冥有鱼，其名为鲲。鲲之大，不知其几千里也；化而为鸟，其名为鹏。鹏之背，不知其几千里也；怒而飞，其翼若垂天之云。是鸟也，海运则将徙于南冥。南冥者，天池也。"中，文章在手法上运用了顶针以及代词"其""是"等，或运用主语承前省略等手法来加强与上句的联系，明确句与句之间的关系，使句与句之间衔接紧密、语气连贯。但下边二至六段的句子间，却没有如首段句式间那样明确的关系，其妙处不经琢磨是难以理解的。全文各段之间看似联系不多，整篇文章却从未脱离庄子崇尚逍遥，顺应自然，过自由自在生活的愿望这一主题。就如清人宣颖在《南华经解》中的评论："看他（庄子）先说鲲化，次说鹏飞，次说南徙，次形容九万里，次借水喻风，次叙蜩、鸠，然后落出'二虫何知'。文复生文，喻中加喻，如春云乍起，层为叠属，遂为垂天大观，真古今横绝之文也。点'小知不及大知'便可收束，却又生出'小年不及大年'做一陪衬，似乎又别说一件事者，令读者不可捉摸，真古今横绝之文也。以'小年''大年'衬明'小知''大知'，大势可收矣，却又生出'汤问'一段来，似乎有人谓《齐谐》殊不足据而特此以证之者，试思鲲、鹏、蜩、鸠都是影子，则《齐谐》真假，有何紧要耶？偏要作此诞漫不羁，光洋恣肆，然后用'小大之辩'一句锁住，真古今横绝之文也。"①

---

① 赵桂琴：《〈逍遥游〉语言特色片论》，《新乡师范高等专科学校学报》2007 年第 06 期。

② 赵桂琴：《〈逍遥游〉语言特色片论》，《新乡师范高等专科学校学报》2007 年第 06 期。

总的来说，《逍遥游》的语言风格是节奏明快、铿锵有力、奇诡雄放的。庄子将生动的比喻、夸张的想象、辛辣的嘲讽、多变的手法、丰富的语汇凝聚在一起，完成了这篇卓绝千古的不朽杰作。

拓展阅读

1. 王新民《庄子故事》，海南出版社 2014 年版

《庄子故事》（图 2-2）是一部关于庄子生平的传记，是第一部以传记小说的形式再现庄周的身世、人品和学问，以及他所处年代的风云变化的作品，深入浅出，富有历史性、学术性、文学性。作者王新民对庄子的身世和哲学思想都有较为精深的研究。本书以庄子的就学—游学—婚姻—交友—不知所踪为主线，描述了庄子的一生。本书在语言上通俗易懂，对庄子的哲学思想阐述得深入浅出，先后被译为日、韩版本，相继出版。众所周知，"道"一直都是庄子所追求的最高目标，是庄子认识世界的一种方式，同时"道"也被认为是庄子的核心思想，在这部著作中得到了充分体现。这本书对于学者们研究庄子有着很强的借鉴意义。2005 年，《庄子故事》的"庄子见鲁公"章节部分被选入高中《语文读本》。

图 2-2 《庄子故事》封面

2. 张远山《庄子传》，江苏文艺出版社 2013 年版

《庄子传》（图 2-3）为编年史体，记述了战国时期史实和庄子的生平历史，全书以庄子在世的八十四年为主，以史为料，并在此基础上做一些合乎逻辑的延伸，比如缺少庄子的史料时，作者会站在道家的立场之上，根据其他史料虚构出庄子与老师、弟子以及友人间的对话，旨在揭示出庄子与诸子、诸侯互动的共时性横向关联，以及道、儒、墨互动博弈的历时性纵向逻辑。通过作者对庄子一步步地阐述与解析，使我们对庄子所崇尚的人格美又有了进一步的认识，也让我们了解了庄

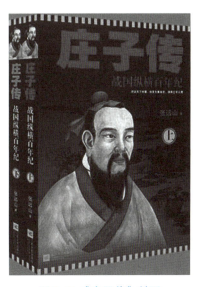

图 2-3 《庄子传》封面

子"性者，生之质"的主张，即自人类有生命以来，成性之初的真实纯朴的状态就是人的本性。本书遵照严谨的史料，加以合理的构思，使我们更加全面深入地认识庄子及其思想。

品鉴与思考

1. 如何理解庄子《逍遥游》的人生观？

2.《逍遥游》是庄子思想最高境界的体现，蕴含了深邃的哲学思辨。通过对本节的学习，你如何理解庄子思想对当今社会的影响？

《桃花源记》：大同之美

《桃花源记》

一、作者简介

陶渊明（约365—427年），东晋时期著名诗人、辞赋家、散文家。他出生于浔阳柴桑（今江西省九江市），是中国古代时期江西省的首位文学巨匠。陶渊明，又名潜，字元亮，别号五柳先生，因此他创作的一篇名为《五柳先生传》的散文被多数人视为其自传，文中表达了作者不求功名利禄，喜爱安闲自在的自然生活意趣。他辞世后私溢靖节，他也被人们称为靖节先生。

陶渊明曾在江州和九江市的彭泽县等地任职。虽然怀有一腔报国热血，但无奈在当时动荡不安的社会背景下报国无门。于是他任彭泽县令仅八十多天后便辞去了职务，从此归隐田园，过上了返璞归真的生活。由于其隐居后创作了诸多佳作，他成为中国历史上第一位田园诗人，被誉为"田园诗派之鼻祖"和"古今隐逸诗人之宗"。其代表作品有《桃花源记》《五柳先生传》《归园田居》等。

二、作品简介

《桃花源记》是陶渊明在晋末宋初创作的一篇320字的散文，后被收录于《陶渊明集》（图2-4），是其最具代表性的文学作品之一。通过武陵人对桃花源的描述可知，当地人民的生活自由安逸，平等快乐；人们生活之处山清水秀，春和景明；人与生物和谐共生，鸡犬虫鸣，

图2-4 《陶渊明集》封面

田林茂盛，无论男女老少都十分热情好客、友善亲和。文章表现了作者期盼拥有像文中世外桃源一般的美好生活以及对现实生活的无奈。文章线索以武陵捕鱼者一次非同寻常的行程为主，描述了渔人溪行入境，乍见桃源，做客光临，而后又与太守派的人重寻却迷路，南阳隐士刘子骥寻而不得，自此桃花源再无踪迹的故事。

三、文本解读

（一）虚实结合的文中之"境"

陶渊明在《桃花源记》中采用了"虚实结合"的叙事手法，将"中无杂树、落英缤纷、芳草鲜美"等虚景用写实手法描绘，给人以身临桃花源般的真实之感，使读者在品味间不禁遐想实有其景，确有其人，真有其事。我国当代作家汪曾祺曾在一篇游记中说过："桃花源怎么可能是真的呢？《桃花源记》是一篇寓言。中国有几处桃花源，都是后人根据《桃花源诗并记》附会出来的。"① 可以见得，陶渊明将"桃花源"的意象虚景实写，令后人无限向往，甚至以人工和自然结合的方式创造出一个个现实中的"桃花源"。体现了作者高超的写景叙事手法，营造出其文外之"景"、境外之"境"、象外之"象"的世外桃源。

但引人入胜并非陶渊明的真正意愿，他所描绘的桃花源在种种细节中埋下了很多伏笔。例如，桃源村民的叮嘱"不足为外人道也"和文末捕鱼人再次寻找却"不复得路""规往未果"等情节，让人不禁随剧情推进产生了诸多好奇——这到底是怎么回事？难道桃花源凭空消失了吗？它的存在与消失仿佛在暗示世人：桃花源此地，是似在人间非在人间，可遇而不可求，似乎与"此中有真意，欲辨已忘言"（陶渊明《饮酒（其五）》）有着某种微妙的内在联系。这完美却又缥缈的地区蒙着的一层神秘的面纱，世人是难以揭开的。"它的开而复闭，渔人的得而复失，这便是最耐人寻味的地方。其实这是陶渊明有意留下的谜题，给人以无限的想象与盼望。可是，作者又在《桃花源诗》中透露了一点消息，说'一朝敞神界'之所以'旋复还幽蔽'，乃是因为'淳薄既异源'！原来桃源民风淳厚，人间却世风日下，哪怕后来像刘子骥那样的人间高尚之士前去拜访，也得不到一睹仙境的机缘。"② 陶渊明为此圣地增添的种种来无影去无踪的神秘感，无非是不希望世间的纷纷扰扰玷污了这块化外的净土，希望将一切世俗喧嚣阻挡在山外。已被捕鱼者发现之后，不管再有何许人来，都再也寻而不得，这实则是陶渊明为了保留这份理想中的大同之美好所设置的最后屏障。

---

① 汪曾祺：《不食人间烟火 且饮半杯风霜（下）》，沈阳：辽宁人民出版社，2020 年，第 151 页。
② 陈振鹏、章培恒：《古文鉴赏辞典 上 第 1 版》，上海：上海辞书出版社，2014 年，第 557 页。

由此可见，作者陶渊明在描绘桃花源时，巧妙地把现实和理想以"仙境"为纽带联系起来，运用虚实结合的手法将实景虚写、虚境实化，以一种独特的方式将理想中的世外桃源展示在若隐若现之间，令人产生无限遐想与神往。

（二）"桃花"的意象

《桃花源记》一文无论是题名还是故事的核心，都离不开"桃花"二字。文章的开头是由桃花导入的，而且陶渊明刻意强调此间"中无杂树"，说明桃树及树上盛开的桃花才是这里的"主角"。这是因为，伴随着中国文化的发展，桃花这一概念，早已从作为生物层面上的物象逐渐生发出更具文化艺术意蕴的文学意象[1]，或具隐喻效果，或有象征意味（图2-5）。我们将其聚焦于陶渊明的《桃花源记》可以发现，桃花的文化意蕴是多重而丰富的，并且作者选"桃花""桃树"作为核心意象标志，也有其深层原因。

图2-5 （清）王翚《桃花渔艇》

首先，以文章开头处的忽然出现的桃花林为背景，陶渊明将藏匿于山野深处的世外桃源描绘得光怪陆离，用桃花的美丽映衬桃源世界的绚丽、迷人与美好。象征美好的桃花意象，最早在《诗经》中出现，"桃之夭夭，灼灼其华"（《诗经·国风·周南·桃夭》）描述了桃花在盛放时色泽艳丽、如骄阳艳火一般。还有唐朝"诗仙"李白在《中山孺子妾歌》中所说："桃李出深井，花艳惊上春。"将孺子妾这样的绝色佳人比作深井中盛开的桃花，

---

[1] 李迎春：《〈桃花源记〉的意象及其文化意蕴》，《短篇小说（原创版）》2012年第10期。

足以艳压群芳，赞叹其美丽。唐朝另一位诗人吴融的《桃花》更是对桃花的盛赞不已，用"何当结作千年实，将示人间造化工"这样的诗句表达自己希望桃花世世代代开花结果，以展现自然天工之美。为什么世人皆知陶渊明独爱菊，他却选择了桃花作为其理想中世外桃源的核心标志？因为桃花与屈原在《楚辞》中反复歌颂的香草一样，象征着美人和美好的事物，那种绚烂而洁净的美恰好契合了他追求美好生活的理想。

在中国文化中，桃木被视作驱鬼避邪的仙灵之木，这种观念在民间广为流传。而桃木能够驱邪禳恶的这种象征意义，最早在先秦时期就已突显，例如汉朝人们在门上刻制的桃印懋，《后汉书·礼仪志》中记载："仲夏之月，万物方盛，日夏至阴气萌作，恐物不懋……"[1] 我国道教将桃木剑视为一种可以辟邪、镇宅及纳福的法器。《山海经》中记载的"曲蟠三千里"的"大桃木"所结的桃果可以食之不老，其珍贵之程度通过西王母手中的"三千年一生实"便能体现。后来又有《西游记》中孙悟空大闹蟠桃园的故事，为桃树赋予了一层神话品质，也使桃子蒙上了一层神异的色彩。"仙桃"这一使人福寿延年的意象至今都在当代文化中常以见得，例如，为老人祝寿时常以寿桃形状的生日蛋糕为贺礼。《桃花源记》中的桃花，在某种意义上也蕴涵着长生、永恒的意味。而且，桃木还可以避邪，能给人带来稳定、希望和安全感。因此，桃花源以桃花为标志，折射出陶渊明渴望用桃花驱散现实中污浊黑暗的想法，以及作者蕴涵于桃花中追求永恒的美好生活的愿望。

因此，我们就对陶渊明为何选取"桃花"作为他心中的世外桃源的核心标志有所理解了。于他而言，桃花不仅是灿烂、和谐及美好事物的象征，还隐含着强大的驱邪除恶之意义，具有朦胧之美和长久之愿，给人以希望憧憬的同时还能给人带来保留净土的安全感。那么，由"桃花"所构筑并加以点缀的桃花源，无疑是陶渊明所追求的完美生活缩影。

拓展阅读

1. 陶渊明《陶渊明集》，中华书局 1979 年版

《五柳先生传》是陶渊明创作的一篇散文，后被人收入《陶渊明集》（图 2-6）。文中叙述了"五柳先生"的性格志向，表现了他不慕荣利、旷达自任、安贫乐道的情趣。全文不足二百字，语言凝练传神，塑造了生动立体的人物艺术形象。该文是仿照史传体而写的一

---

[1] 孙振涛：《〈全唐诗〉宗教名物意象考释》，北京：宗教文化出版社，2019 年，第 227 页。

图 2-6 《陶渊明集》封面

篇人物传记，文中的主体人物五柳先生虽家中贫简，但他却安贫乐道，不求名利。作者赞扬五柳先生是浮厚朴实的上古时代的人物，这个人物不知是何许人，也不知叫什么名字，唯一的称谓还是因其住宅外的五棵柳树而得名。可见，此人很有可能是作者虚构的。但作者俨然以一个历史家的身份为他作传，而且写得平易自然，读来可信。因此，这是一个理想和现实相结合的典型人物形象。

2. 陶渊明《陶渊明诗文选集》，长江文艺出版社2019 年版

《归去来兮辞》出自《陶渊明诗文选集》（图 2-7），是陶渊明创作的抒情小赋。这篇文章作于作者刚刚辞去官职之时，是作者放弃仕途、回归田园的肺腑之言。全文叙述了作者归隐后的生活情趣和思想情感，表达了他对官场的看法以及对人生的思考，体现了他慷慨正直、洁身自好和不随世俗的情操，与《桃花源记》有异曲同工之处。

图 2-7 《陶渊明诗文选集》封面

品鉴与思考

1.试分析《桃花源记》寄托了作者怎样的社会理想。

2.通过对本文的学习，试分析"桃花源"与成语"世外桃源"之间的联系。

3.你如何理解陶渊明所构筑的桃花源所体现的美好生活？试分析他创作这篇文章的原因有哪些。

《笑》：微笑之美

《笑》

一、作者简介

冰心（1900—1999 年），原名谢婉莹，祖籍福建省福州市长乐横岭乡（今福州市长乐区横岭村）。"冰心"是其笔名，取自"一片冰心在玉壶"。冰心是我国现代著名诗人、作家、儿童文学家及翻译家，曾担任中国民主促进会中央名誉主席、中国文联副主席、中国作家协会名誉主席及顾问、中国翻译工作者协会名誉理事等职。

冰心儿时受其担任海军军官的父亲影响，经常在海军军营中玩耍，骑马射箭。因为长年生活在海边，波澜壮阔的大海使她性情温和、心胸开阔。经历近代战争后，中华民族饱受列强欺凌的屈辱历史和其父的强国之志激发了她的爱国之情。

冰心读书期间对中国古典文学名著十分感兴趣，7 岁就读过《三国演义》《水浒传》等。后于 1912 年考入福州女子师范学校预科班。"五四运动"时期，冰心积极参加爱国学生运动，其间加入茅盾、郑振铎等人发起的文学研究会，并创作爱国文学作品《去国》《超人》等，将"为人生"的艺术宗旨实践于其文学创作中。1923 年冰心进入燕京大学就读，后去美国波士顿的威尔斯利学院攻读英国文学，在留学期间，陆续发表的通讯散文和抒情散文集结成了《寄小读者》一书，讲述了她在国外生活的点滴并抒发了其思念祖国热爱家乡之情，该作成为中国儿童文学的奠基之作。1926 年，冰心获得文学硕士学位回国，先后任教于燕京大学、北平女子文理学院和清华大学国文系。1929 年至 1933 年冰心创作了《分》《南归》等作品，翻译了黎巴嫩作家凯罗·纪伯伦的《先知》。1949 年至 1951 年曾受聘于日本东京大学文学部，是该校的第一位外籍女教授。1980 年，冰心先后经历了脑血栓及骨折的病痛折磨，但她仍坚持创作，其患病期间发表的短篇小说《空巢》获全国优秀短篇小说奖。1995 年，冰心被黎巴嫩共和国总统签署授予国家级雪松勋章。1999 年 2 月 28 日，冰心在北京医院逝世，享年 99 岁，她见证了中华民族 20 世纪的历史变迁，被称为"文坛祖母""世纪老人"。

冰心的一生创作了四十余部文学作品，代表作有诗集《繁星》《春水》，散文《往事》《笑》《山中杂记》，小说《冬儿姑娘》《两个家庭》及小说散文集《闲情》《小桔灯》等。她的文学影响享誉中外，多部作品被翻译成日语、英语、捷克语、马来语等，获得诸多海内外读者的赞赏。冰心不仅通过艺术创作让世界感受到中国文学的魅力，还致力于社会慈善和希望工程，成立了"冰心文库"，践行其"有了爱就有了一切"的人生信条。冰心文学对中国文学的影响巨大，辞世后人们为了纪念她修建了冰心文学馆、冰心纪念馆和纪念碑，还以她的名字命名了"冰心奖"。她为中国的文学艺术、妇女儿童事业都作出了杰出的贡献。

二、作品简介

《笑》是冰心写于 1920 年的一篇散文，1921 年发表于《小说月刊》第 1 期，后收入冰心的小说集《超人》（图 2-8）中。曾有评论家认为："1921 年冰心发表的处女作《笑》，情文并茂，堪称中国现代史上的第一篇白话美文，她的创作促进了白话文正宗地位的确立。"[1]

"五四运动"和"新文化运动"时期，我国文学领域逐渐展现新文学的发展方向，涌现出第一批现代作家，冰心就是其中之一。她中学就读于教会女子学校，受到基督教教义的影响，逐渐形成具有冰心自己情感特色的"爱"之哲学，在其文学作品中主要以母爱、童心和自然之美来体现，紧跟时代步伐的冰心尝试把西方人文主义思想以白话文形式表现出来，散文《笑》是冰心仁爱哲学在文学作品中的体现之一。

图 2-8 《超人》封面

---

[1] 李朝全、凌玮清主编：《世纪之爱：冰心》，北京：团结出版社，1999 年，第 481—482 页。

三、文本解读

《笑》这篇散文最大的意趣不在于"笑"本身，也不在于将"笑"这个动作或形态描写得多么欢快喜悦，而是作者冰心将她心中充溢着美好与希望的三个"笑"如何用一种独特的叙事方式展现出来。

从文首就不难发现其中的"妙"——在第一段中，丝毫没有提到文章核心的笑，而是描绘了一幅清新朦胧的画面：雨停之后，窗外悄悄送来月明星稀的点滴清光，云、树、月、光，瞬间使冰心感到了雨后的清新之美。这美有何意？与笑又有何种联系？通过窗口微微的凉风作为承接转折之点，她将心中之意渐渐吐露，但仍以这屋内屋外的夜光作为叙事铺垫，引出第一个"笑"的意象：穿白衣的安琪儿。可惜她不在自己的眼前，而是在墙上的画中。但即使如此，抱着花的安琪儿依旧灵动可爱，展露笑颜。这笑不仅温润了雨夜中的冰心，也牵动了她记忆深处的心幕。随着一句内心独白"这笑容仿佛在哪儿看见过似的"，引出了该文的第二个"笑"之意象：五年前在古道上遇见的一个孩子。他所处的场景与冰心引起回忆的月下美景大相径庭，甚至在很多人眼中谈不上舒适，因为他站在一条渗着田沟污水满是泥泞的土路上。但，也并非能掩盖"笑"所充盈的强大感染力，他和上一个"笑"中的安琪儿一样，抱着花，看着她，一抹淡淡的微笑随着驴儿清脆的蹄声隐入烟尘。至此方知，原来如天使般的安琪儿竟是男孩的化身。接着，以第三层意象的独白转场，冰心的思绪被这男孩的笑容再次引入心幕的深度，第三个"笑"呼之欲出：滴落下檐的雨水，土阶梯旁的水泡，黄灿灿的麦草垛与绿茵茵的葡萄架，在初出海面的月光下显得静谧又清新；雨过天晴，茅屋中的老妇人在这静谧中，也抱着花儿，以温暖之笑满藏爱意。

冰心在窗前的三段心幕由一个微笑触动、牵引、重叠、融通，这些笑看似不同，实则都由"爱"交相辉映着，再由这微笑之爱生发出理想照进现实的和谐仁爱境界。这一境界便反映了冰心对于在看似孤寂落寞的雨夜中寻觅着人生的美好与爱。"作者笔下展开的三个意象，以一种渐入佳境的方式由重叠走向交融，传达了作者的思想感情：天使的微笑就在孩子纯真的微笑、老妇人慈母的微笑之中。三个意象的重叠，被分别安排在文章各段的尾句，以稍加变化的类似句式出现，使意象的重叠获得了一种诗意的形式。"[1] 三个"笑"的意象之所以会引起她一连串有关微笑的回忆，是因为他们都营造出《青玉案》之"众里寻他千百度，蓦然回首，那人却在，灯火阑珊处"[2] 的心境。这在作者的眼中，既平凡又可贵，既真实又诗意。安琪儿的笑、男孩的笑与老妇人的笑，在不同时空、不同基调下由

---

① 王先霈主编：《中国历代美文精典》，武汉：湖北人民出版社，1993年，第928页。

② 李定广评注：《中国诗词名篇赏析（下）》，上海：东方出版中心，2018年，第190页。

一种无形的爱的暖意联结融合，以示作者此文所蕴含的核心思想感情——也许人都会经历"苦雨孤灯"的阶段，但雨过云散，人人终会迎来笑颜常伴的理想生活。

拓展阅读

1. 冰心《小桔灯》，云南人民出版社 2016 年版

《小桔灯》（图 2-9）是冰心创作于 1957 年的一篇散文，1957 年 1 月 31 日在《中国少年报》发表。作者以"我"为主要视角，讲述了一位小姑娘在乡下逆境中乐观生活的故事。全文以"她"送给"我"走下漆黑山路的小桔灯为线索，刻画了"她"善良坚强的农家少女的形象，把小桔灯与"她"的淳朴、善良、懂事、坚强巧妙结合，有借物喻人的象征寓意。冰心通过《小桔灯》先叙事后抒情的描写手法，歌颂了小姑娘的勇敢和面对困难的乐观精神，小姑娘做的"小桔灯"象征着蕴藏在黑暗中人心里的光明和希望。

图 2-9 《小桔灯》封面

2. 冰心《繁星·春水》，译林出版社 2015 年版

《繁星》《春水》是冰心最具代表性的两部诗集，于 1923 年先后问世，发表于《晨报副刊》，二者是姊妹篇。其中，《繁星》包含 164 首诗，《春水》包括 182 首诗。《繁星·春水》（图 2-10）是冰心受到泰戈尔《飞鸟集》的影响后写成的，诗篇里凝聚着冰心的生活、情感、思想的点点滴滴，饮誉诗坛，中外闻名。诗集内容以歌颂母爱、亲情、童心、大自然为主，冰心的笔调温柔和气，暖心舒然，能从她的文字中感受到若隐若现的淡淡忧愁之情。自此，"冰心体"小诗广为诗人模仿，盛行一时。如刘大白、郭绍虞、叶绍均、徐玉诺、宗白华等都创作了不少冰心风格的小诗。他们创作的这些"冰心体"小诗既融合了冰心的行文风格，又蕴含着自己对生活的独有看法和思想感情。

图 2-10 《繁星·春水》封面

▶▶名家点评

　　有你在，灯亮着。一代代的青年读到冰心的书，懂得了爱：爱星星、爱大海、爱祖国，爱一切美好的事物。我希望年轻人都读一点冰心的书，都有一颗真诚的爱心。

——巴金

　　冰心文学作品中所体现的宽广人性是它的生命力，虽然作品数量很少，而且没有长篇，但冰心那富有声音的作品，以及对人性的一种侧面的仔细的洞察，就像《小桔灯》一样，赋予我们以温暖心房的光芒。

——[日]荻野修二

　　二十世纪中国杰出的文学大师，忠诚的爱国主义者，著名的社会活动家，中国共产党的亲密朋友。

——中国文联

品鉴与思考

　　1.谈谈你在冰心的《笑》中感受到了作者怎样的思想情感？

　　2.冰心崇尚的仁爱哲学包含爱国、母亲、童趣、善良、胸怀等要素，结合你对冰心作品的理解，谈谈她还有哪些经典文学作品体现了仁爱思想？

《荷塘月色》：朦胧之美

《荷塘月色》

一、作者简介

朱自清（1898—1948）字佩弦，号实秋。中国现代散文家、诗人、学者、民主战士。原名朱自华，原籍浙江绍兴，生于江苏省东海县（今连云港市东海县平明镇），后定居江苏扬州。1920年朱自清毕业于北京大学，后到清华大学任教。朱自清有著作27部，作品可分为三类：一类是以个人和家庭生活为主要内容，描写父子、夫妻、朋友之间的人伦情理的作品；一类是以社会生活为主题，借以抨击黑暗现实的作品；另一类是借景抒情的描写自然景物的作品。朱自清自1924年发表《桨声灯影里的秦淮河》开始，显示出在散文创作方面的天赋和才能，并取得了一系列引人注目的成就，纪实性散文《背影》、诗集《踪迹》、散文集《背影》《你我》《荷塘月色》《匆匆》等都是文情并茂、脍炙人口的绝佳名篇。文艺论著有《诗言志辨》《论雅俗共赏》等。

二、作品简介

《荷塘月色》是朱自清创作于1927年7月的一篇现代抒情散文，收录于《朱自清散文经典全集》（图2-11），当时朱自清正任职于清华大学，住在清华园西院。文章对清华园古月堂附近优美的荷塘景色进行了描写，洗练灵动、言辞婉转地抒发了作者在现实和自由之间纠葛的复杂的思想感情，通过视觉、嗅觉、听觉等多种角度，展现了荷塘月色的美丽，为后人留下了一篇意境优美的佳作。

图 2-11 《朱自清散文经典全集》封面

三、文本解读

意境，是中国传统美学思想的重要范畴，"指运用艺术意象，在主客体交融、物我两忘的基础上，将接受者引向一个超越现实时空、富有形上本体意味的境界中。意境包含意和境两个方面。意是指艺术家主观的意志和情意，境是指客观的自然和社会生活。意和境的结合是艺术家的情思理想同客观现实的结合，从而形成一种特有的艺术境界"①。宗白华先生指出，"意境主要指运用艺术意象，在主客体交融、物我两忘的基础上，将接受者引向一个超越现实时空、富有形上本体意味的境界中""意境是中国文化史上最具有世界贡献的一方面"②。

在《荷塘月色》中，朱自清通过"影""雾""流水"三个意象，在读者面前营造出了月下荷塘的独特意境。

（一）影

文章中关于"影"有"高处丛生的灌木，落下参差的斑驳的黑影"和"弯弯的杨柳的稀疏的倩影"这样两处描写。影的描写在文章中有什么样的作用呢？首先，从"影"的特征来看，"影"给人一种虚无缥缈、模糊不清的感觉，能够营造出一种朦胧幽深的意境。我们知道，意象和意境对于文章的表情达意有着重要的作用，朱自清正是抓住了这一点，借"灌木斑驳的黑影"和"杨柳稀疏的倩影"，突出一种朦胧的意境，展现出令人沉醉其中的优雅画卷。我们试着闭上眼睛，身临其境地想象一下：巨大的荷叶闲适地舒展着，仿佛一幅微卷的画轴；杨柳在月光的照射下，将身影投射到荷叶上。一幅天然的水墨写意画便呈现在人们眼前，让人不禁感叹："眼前的景致是画还是景？"正如白居易的诗"花非花，雾非雾"，画中有景，景中有画，一派诗情画意，令人浮想联翩。正是这种含蓄、内敛、朦胧幽深的意境，令人回味无穷。

（二）雾

文中关于雾写道："薄薄的青雾浮起在荷塘里。"在中国的古诗词中有许多容易入画的意象，比如说青松、翠柏、杨柳、小桥、流水、青石板路，"雾"也具有这样的特点。"雾"这一意象从表达的效果来看，具有轻、薄、美的特点，在薄雾的笼罩下，一切景物就会变得朦胧不清，扑朔迷离，若有若无，忽隐忽现（图2-12）。正如文中所写的"叶子和花仿

---

① 蒋孔阳、朱立元：《美学原理》，上海：华东师范大学出版社，2005年，第235页。
② 宗白华：《美学散步》，上海：上海人民出版社，1981年，第58页。

图 2-12　江上薄雾

佛在牛乳中洗过一样；又像笼着轻纱的梦"。文章用这样的景致营造出了灵动缥缈的艺术氛围，刻画出一种令人心旷神怡的意境，令人感到润泽而畅神，从而达到一种主观思想情感与客观图景物象相契合、相交融的境界，正所谓一种"神与物游"（刘勰在《文心雕龙》中提出的观点）的艺术境界。而彼时作者内心中正隐隐地有着一丝哀愁，情绪略显低落，这"薄薄的青雾"不仅表现了一种意境美，也与文章中暗含的低落的情绪相吻合，含蓄地表达了作者淡淡的忧愁，表达了对现实的不满与逃离。作者用"雾"这一意象所营造的缥缈朦胧意境表达了自己无奈而失落的心境。

（三）流水

自古以来，流水在中国传统文化中就有着象征意义。在中国文化的原初，水是一种情爱兴象之物，好多古诗中写水的句子都和男女情爱有关，比如《诗经·周南·关雎》中有"关关雎鸠，在河之洲。窈窕淑女，君子好逑"，《诗经·秦风·蒹葭》中有"蒹葭苍苍，白露为霜，所谓伊人，在水一方"。这些都是以水为兴的爱情诗句。"诗中的主人公所思慕的佳人都在水边，看到水，想到水，都会牵惹起他们思念心上人的情思。水之阴柔正如女性之柔媚，流水悠长恰似爱情之缠绵。因此，'水'这种意象就有着女性和情爱的内涵。"[1]本文"用流水比喻女性和爱情，表达潜意识中的情感欲望""对散发着女性光辉的纯

---

① 马美琴：《流水：女性和情爱的象征——谈〈荷塘月色〉中"流水"的意象》,《名作欣赏》2008 年第 7 期。

净、清新、美丽的精神世界的追求和对自由、浪漫、富有激情的生活的向往"①（图 2-13）。

图 2-13　月下荷塘

　　文中对"水"的描写主要有四处。两处为正面描写，如第四段"叶子底下是脉脉的流水，遮住了，不能见一些颜色"和结尾处"只不见一些流水的影子，是不行的。这令我到底惦着江南了"。另外两处为侧面描写，一是《采莲赋》中"恐沾裳而浅笑，畏倾船而敛裾"诗句的行文中暗含着水，少女"浅笑""敛裾"的柔美之态和优雅之容，都是由于怕水"沾裳"而表现出的；二是《西洲曲》"采莲南塘秋，莲花过人头；低头弄莲子，莲子清如水"，莲子就像湖水一样清纯，用比喻句提到了水。那么，作者为何频频提到水这一意象？为什么这么喜欢流水？又为何在结尾提到因眼前见不到流水就"惦着江南"？是不是与流水有关的人和事牵惹起了作者的思慕和怀念？流水本身具有"叮咚悦耳之音、明亮清澈之色、柔美轻漾之姿、清新灵动之气，会愉悦人的感官和身心"②，常常会令人迷恋。但这并不是"惦着江南"的理由，我们再回到两首古诗来分析，《采莲赋》和《西洲曲》所描写的都是鲜活生动的采莲场面，"画面的核心是艳丽的少女，画面的灵魂是奔放的爱情"③，

①　马美琴：《流水：女性和情爱的象征——谈〈荷塘月色〉中"流水"的意象》，《名作欣赏》2008 年第 07 期。

②　马美琴：《流水：女性和情爱的象征——谈〈荷塘月色〉中"流水"的意象》，《名作欣赏》2008 年第 07 期。

③　马美琴：《流水：女性和情爱的象征——谈〈荷塘月色〉中"流水"的意象》，《名作欣赏》2008 年第 07 期。

作者由水联想到了江南采莲的少女，想到了"她们那水样的清爽可人与脉脉柔情"[1]，更想到了那些俊男靓女之间风流潇洒的爱情。而作者距离江南的水乡莲湖路途遥远，只能是千里迢迢寄相思，现实生活中的他虽然渴念这样灵动艳丽的生活场景，但也只能是想象，无法享受到这一美景，所以才有了"可惜我们现在早已无福消受了"的深深遗憾。由此，我们明白了"惦着江南"恰恰是作者惦念起江南那热闹的采莲场面，思慕那柔媚可人、活泼清爽的少女，表达出了作者对浪漫自由的爱情和美好生活的向往与追求。所以说"流水"具有女性和情爱的象征，是文中作者表情达意的重要意象。

拓展阅读

1. 朱自清《匆匆》，选自《朱自清散文集》，南京出版社 2018 年版

《匆匆》这篇文章收录于《朱自清散文集》（图 2-14）中，全文主要抓住"时光流逝，珍惜时间"这一线索展开描写，在文章的开头与结尾，作者用了一系列的反问来引起人们的重视与深思。文章中运用拟人、比喻的修辞手法，如"从手中溜去""伶俐地从我身上跨过"以及"从脚边飞去"等语句，这些文字除了使人觉得活泼自然，富有节奏感，让人切实感受到时光的"匆匆"之外，更多的则是给读者带来了沉重的危机感——时间流逝的危机感，这也正是这篇文章的用意所在。文章以巧妙的构思、轻松自然的语言征服广大的中国读者的同时，也被译成英文版，被更多的人所熟知。

图 2-14 《朱自清散文集》封面

通读全文，"匆匆"二字体现得尤为明显。通过细致描绘出的时光匆匆而逝的情景，再结合当时的社会背景，读者也可从作者的无限感叹中感受到他的无奈与苦闷。文章揭示出当时新一代的年轻人已经开始有所觉悟，但又因看不到真实的前途而深感彷徨的复杂心境。朱自清的这篇《匆匆》虽然只是一个关于"时光匆匆"这一话题所做的思考与感悟，但它让当时的年轻人产生了很大的触动，对当代的年轻人这种警醒作用同样有效。

---

[1] 马美琴：《流水：女性和情爱的象征——谈〈荷塘月色〉中"流水"的意象》，《名作欣赏》2008 年第 07 期。

2. 朱自清《春》，选自《朱自清散文集》，南京出版社 2018 年版

朱自清的《春》是他的代表作之一。文章借景抒情、情景交融，笔调优美，富有韵律，通过作者敏锐的观察，淋漓刻画了春的特点，用饱满的情感以及清新的色彩，通过层层晕染，向读者展示出一幅生机盎然的春之画卷；对春天这个象征着无限希望的时节的赞美，表达了作者内心的一片澄澈宁静，传递出作者内心蓬勃向上的精神，表达了作者对自由境界的向往，以及对春天的歌颂和对生活的热爱之情。

朱自清在这篇文章的写作上准确地抓住了孩童在看待事物上的一些想法，用孩子一般的心灵去体会，以孩子的视角去感知春天的气息，表达出对春天更为独特精妙的体会和感受。1933 年的中国正处于一个内忧外患的局面，在这样的一个充满深重灾难的"寒冬"一般的社会背景下，作者颂扬的春天就变成了自由、快乐的代名词，温暖着正在经受苦难的大众的内心。歌颂的春天越是美好，越是能够表现出作者内心对美好未来的迫切期待。

品鉴与思考

1. 用自己的语言叙述你印象中的荷塘月色。

2. 试分析《荷塘月色》中的意境美。

3. 朱自清在《荷塘月色》中表达了自己对月下荷塘之美的喜爱之情，体现了作者对自然美的高度欣赏。试从文学的角度分析一下你所喜欢的自然风光之美。

《白杨礼赞》：向上之美

《白杨礼赞》

一、作品简介

《白杨礼赞》是茅盾于中国人民抗日战争最艰苦的时期创作的，收录于茅盾的散文集《见闻杂记》（图2-15）。这篇散文铿锵有力，积极向上，入题快，主题紧凑，富有象征意味。1940年，茅盾从新疆返回内陆，受到朱德的邀请前往延安。在延安游历讲学的时候，茅盾亲身体验了解放区军民的战争生活，对军民的团结奋战印象深刻，皖南事变后，便写下了此文。作家用象征手法，借白杨树来象征不折不挠又坚韧勤劳的北方农民，歌颂抗日军民在民族解放战斗中的刚毅与进取，表达对北方抗日军民的热爱与赞美之情，并讽刺了那些贱视公众的人们。这篇散文语言精练，采取严谨的结构布局。全文分为五部分，采用象征的手法，赋予文章高远的立意。作品格局高于普通散文，由黄土高原上参天耸

图2-15 《见闻杂记》封面

立的白杨树联想到抗战的农民，使得文章比普通言物的散文更能打动人心。文章一开头就赞扬白杨树的不平凡，直白而简单。紧接着，描写由高原的景色转向白杨树，语言温和感人，仿佛作者正在将眼前的景致向你娓娓道来，并用手指着前面，对你亲切地说："这景色多美，你看！"文章仿佛有它的调子，一会儿平缓，一会儿曲折，在抑扬顿挫间让人深感语言之美。这篇散文的语言是凝练而优美的，文笔婉曲，有气势而不咄咄逼人，充满田园风的亲切感，极具感染力，层层深入强化主题。首尾呼应，使得散文结构并不松散，相

反十分紧凑，不乏理性，也不乏散文的优美。

二、文本解读

《白杨礼赞》用白杨来象征坚强不屈的北方农民，文章结构紧凑，前后呼应，环环相扣，层次清晰，语言朴实而亲切，充满独特的美。文章用词精当，句式丰富，语言凝练。文章犹如乐曲，抑扬顿挫，高潮与平缓节奏过渡自然，读来朗朗上口。初读《白杨礼赞》，读到的是一股激情，一种有别于其他散文的豪放之情。茅盾先生看白杨树（图2-16），并不在意树的婀娜或秀美，他更重视白杨树隐喻的坚韧与向上精神，以白杨的精神描写白杨的姿态。作品一层层解读了白杨树的象征意义，使文章在思想上冲破新的境界，让作者的情绪表达也达到了高峰。

文章结构层次分明，大致有五个部分。第一段是第一部分，点明赞美白杨树的文章核心；第二段至第四段作为第二部分，由高原引出白杨树；第五段至第六段为文章第三部分，歌颂了白杨树奋进向上与不屈不挠的精神；第七段至第八段为文章第四部分，歌颂白杨树朴质坚韧的美；结尾的一段为第五部分，指斥了轻视大众的人，再次赞美白杨树。

本文开头十分直白，赞扬白杨树的不平凡，不拖拉、不冗杂，给人以豪迈之感。紧接

图 2-16　白杨树

着，文中使用亲切的语言、口语化的文字开始描写高原的景象，读来着实亲切，让人仿佛身临其境，像身旁有一个温柔的哥哥，在跟你介绍这一望无际的景致。作者把自己置于画面，把读者带入景致之中，并赞叹这景象是"雄壮"而又有些"单调"的。

第三段开始引入白杨树，那种在高原猛然撞入眼前的惊喜跃然纸上。白杨树像高原上的哨兵，那么笔直坚挺，令人起敬。这种惊喜承上启下，而后，用简短的话语直接点出那就是白杨树。简单的一句话，直接成段，醒目而富有激情。白杨树普通吗？是的，确实是大自然里普通的树。可是，它又那么不平凡！读到这里读者不禁产生疑惑，普通而不平凡是什么意思？普通，是指白杨树这个树种在大自然中是一种寻常树种。但作者为什么要赞美它？因为作者于普通中瞧见了白杨树的不平凡。就仿佛在爱情中我们从一个别人看起来很普通的人身上看到了他的闪光点，看到他身上所具有的独特优点，正是这个闪光点让我们于万千人中选择了他。也正是这个闪光点，让作者从万千种树里独赞白杨树。这一个简短的句子，给我们造成悬念，让我们带着一丝好奇往下读，想知道白杨树到底哪里不平凡了。

第五段，作者点明了白杨树的笔直向上与倔强挺立。作者赞叹白杨树的挺直犹如人工，并仿佛是在写一个人一样，他有皮肤，有脸上的晕圈，他像人一样坚强，不在风雪的打击下低头妥协。他努力向上，令人敬佩。

因此，第六段，作者又用一句简短的话语强调白杨树是普通却不平凡的。此处加强了语气，语气里的肯定与不容置疑，步步加深读者的疑惑。单凭这种向上的精神，就能说明白杨树不平凡吗？

第七段，作者开始描写白杨树坚强不屈的形象。作者觉得白杨树的美不像女子一样婀娜多姿。相反，白杨树身上所展现的美与其他树的都不同，它坚强又朴素，它就像北方农民一样，它像哨兵一样。这种独特的精神，这种坚强的意志，赋予了白杨树不平凡的内涵。文章连用四个感情激越的反问句式，一气呵成，气势不凡。

第八段，写明了白杨树因为极其普通而不受重视，因为生命力强大而不倒，这些特质都像极了北方农民。用赞扬白杨树的方式，赞扬了北方农民的顽强与上进。点明了主旨，深化了立意。

文章最后一段，照应题目，照应开头，赞颂白杨树，使得全文布局紧凑。文章将白杨树与楠木进行对比，那些看不起民众的人趋炎附势，赞美贵族化的楠木，却鄙视常见、极易生长的白杨。这里"贵族化的楠木"也具有一定的象征意义。作者不与他们为伍，与民众同在，坚定地告诉人们，他就是要赞颂白杨树。一种任性却自豪的感情悠然而出，让我们不仅为作者喝彩，为他的文笔喝彩，也为他笔下的白杨树喝彩。

图2-17 《图本茅盾传》封面

拓展阅读

1. 孙中田《图本茅盾传》，长春出版社 2015 年版

《图本茅盾传》（图2-17）一书以文学笔法阐述了茅盾的一生。书中先大概介绍了茅盾的生平，而后从童年的悲与乐开始，描写茅盾的中学时代、工作时期以及革命斗争阶段。作者将老照片与文字相结合，还原了更为真实的茅盾先生，并生动形象地记叙了茅盾的一生。这位中国现代著名作家、文学评论家一生有大量脍炙人口的作品。这本书中有大量茅盾生前宝贵的照片，书中也对与他相关的论著进行了客观评述。茅盾阅世深刻，他观察社会，深入其中，因此观察独到全面，能够清晰明了地分析局势。观察与分析是茅盾创作散文时最常用的一种方法。本书以客观的角度切入，注重讲述茅盾的日常生活和细节琐事，使茅盾的形象更加立体可感，让人真切地了解到茅盾的一生。

《图本茅盾传》的作者孙中田是我国从事茅盾研究的一位资深学者，生于 1928 年，黑龙江人，在东北师范大学中文系任教，生前曾任中国现代文学研究会名誉理事、中国茅盾研究学会副会长、《茅盾研究》主编。代表作有《论茅盾的生活与创作》《〈子夜〉的艺术世界》《鲁迅小说艺术札记》等。

▶ 名家点评

茅盾体现了"文学家与革命家的完美结合"，是并不多见的"把两种素质集于一身的人"。

——张光年

就中国现代文学史讲，我以为把茅盾当作有重大贡献的少数作家之一，是有充分根据的；这个根据不仅是党中央给他的历史性评价，而且包括人民对他的作品的喜爱程度。既然如此，我们就应该让他的文学遗产在我们攀登文学艺术高峰的过程中起到应有的作用，而为了做到这一点，我们就必须对他进行深入的研究。

——王瑶

由茅盾开创的社会剖析小说流派，通过生活横断面再现社会，是一个革命现实主义的流派，甚至影响了后来写作的《李自成》《上海的早晨》等作品的一些作家。

——严家炎

茅盾无疑仍是现代中国最伟大的共产作家，与同期任何名家相比，毫不逊色。

——夏志清

茅盾创作了大量杰出的文学作品，这些作品刻画了中国民主革命的艰苦历程，绘制了规模宏大的历史画卷，为我国文学宝库创造了珍贵的财富，提高了现实主义文学创作的水平，在文学史上留下了不可磨灭的功绩。

——胡耀邦

茅盾是早就从事写作的人。唯其阅世深了，所以每不忘社会，他的观察的周到，分析的清楚，是现代散文中最有实用的一种写法……中国若要社会进步，若要使文章和实际生活发生关系，则像茅盾那样的散文作家，多一个好一个……

——郁达夫

茅盾是"五四"以来第一个卓有成绩的文艺评论家。

——周扬

品鉴与思考

1. 你如何理解白杨树的象征意义？

2. 文章是如何由白杨树联想到人的？

3.《白杨礼赞》当中，作者用"力争上游"来概括白杨树的品格，这种在恶劣环境下依旧坚强不屈的特点，给你的人生带来了怎样的启示？

4. 作者是如何抓住白杨树的某些特征，来赞扬北方人民和我们民族精神的？

《文化苦旅》：文化之美

《文化苦旅》

一、作者简介

余秋雨，中国浙江余姚人，当代著名艺术理论家、散文家、文化学者、文化史学家。1968 年毕业于上海戏剧学院戏剧文学系，曾任上海戏剧学院院长、教授，上海戏剧家协会副主席。他的主要学术专著有《戏剧理论史稿》《观众心理学》《中国戏剧史》《戏剧审美心理学》《艺术创造论》《文明的碎片》等。他的主要散文集有《文化苦旅》《山居笔记》等。其文化散文集在 20 世纪 90 年代至 21 世纪初的中国最畅销书籍中占据了非常重要的地位。余秋雨现任《书城》杂志荣誉主编、中国艺术研究院秋雨书院院长。

二、作品简介

20 世纪 90 年代，中国一度消沉的散文界呈现出异常的活跃和繁荣，一大批散文家带着各自的散文文本齐登文坛。《文化苦旅》是余秋雨的第一本文化散文集，由《道士塔》《阳关雪》《莫高窟》等散文组成。在散文的多元格局中，余秋雨和他的"文化散文"独树一帜。余秋雨的散文主要以山水风景为主角，以物托志，寻求文化灵魂和人生的真谛为主旨。余秋雨的文化散文，把笔触直接指向古代文人的文化良知，他像一个朝圣者，又像一个苦行僧，一路走来思接千载，深入挖掘封存于广袤中华大地的文化内涵，展现了中国文人的心理构成，并以严峻的理性和浓郁的人文意识，将历史文人一个个展现出来，不断思索和审查，企图在这个群体里找到新的起点，建立起一种健全的文化人格。他的《文化苦旅》系列作品追求文化的真实、真理所在，对中国历史、文人的文化人格和文化良知的解读具有广博的历史文化内涵。

三、文本解读

（一）对文化人格的探寻与追问

在散文集《文化苦旅》（图2-18）的自序中，作者重提了那千古一贯而又常提常新的课题："如果精神和体魄总是矛盾，深邃和青春总是无缘，学识和游戏总是对立，那么，何时才能问津人类自古至今一直苦苦企盼的自身健全？"这显然是一个具有人类文化普遍性的问题，余秋雨希望通过对中国传统文化人格的探寻，找寻一条对于中国现代文化人格的选择和塑造之路。在余秋雨看来，中国传统文化人格集中体现在传统文人的品格上，余秋雨把身在仕途的传统文人划作两类：一类是甘于平庸的"无生命的棋子"；另一类是到处遭受撞击的"有生命的弃子"，中国文人的绝大部分价值是集中在后者身上的。也正是由于文人在不断被抛弃的境遇中表现得坚韧，才显示出文人的社会价值和生命意义。传统文

图2-18 《文化苦旅》封面

人的文化生命因贬官而遭受到了猛烈的挤压，由挤压而得到了生命的激扬，在被贬的处境中，传统文人才能摆脱喧嚣与虚浮的生命状态，才能有足够的时间与自然相晤，与自我对话。余秋雨以深沉的理性之光照见了传统文人由入仕至平庸的无奈与悲哀，照见了官格与文格的严重背离，同时也以无限的深情歌颂了那些因遭贬而创造出丰富的精神作品的文化名人。可以说，贬官文化是中国传统文人品格的最好表现形式。余秋雨希望汲取其内在的精髓，做着矫正著书那时普遍流行的"曲学阿世"的"自弃"之风的努力。其实，余秋雨本人就已经在贬官文化传统中获得了滋养，即使在充满了各种诱惑的今天，他也一直固守着他们作为文化人的防线，并以生命之旅的方式做了一次文化苦旅。[1]

（二）《文化苦旅》的句式特点

《文化苦旅》中的散文是余秋雨文化散文的代表，"访古、寻古、探古，是余秋雨散文的命脉，他提供了一种自然空间所无法承载的人文的历史空间"[2]。他写作散文多是先到一

---

[1] 郭纪金、高楠、赵有声：《中国文学阅读与欣赏》，北京：首都师范大学出版社，1999年，第703—704页。

[2] 陈金明、魏书生：《高中生应读的40本书》，北京：北京工业大学出版社，2005年，第245页。

处，让自己置身于自然山川景物之中，在感受大自然的伟大之时，生发出无限感慨。《文化苦旅》在技巧和形式上有着余秋雨自己突出的艺术特点，文章多以整齐对比的形式显现出其特有的美。余秋雨善用对偶句，简单的、复杂的、各具特色的对偶起伏不断，能使整个文章节奏极佳，整齐划一，节律起伏优美；余秋雨也善用排比句，《文化苦旅》中多篇散文极尽铺张扬厉之能事，把多个句式相同、结构相似的语句排列在一起，构成排山倒海的排比气势，达到了强化和加深感情的目的。《文化苦旅》还有多处运用了反复、顶真等修辞手法，使文章的艺术性更为深刻并展现出其价值。

（三）不懈的人文追求

余秋雨在《文化苦旅》中使自己的思绪飘飞到邈远的古代，在历史的长河中与古人进行对话和讨论，从自然的景物山水出发探索人文的"山水"，对中国古代文人进行一番历史性的观照，表达自己最深切的悲悯，之后再回到现实，接着朝他的下一个目的地走去。作者的步履艰难，但是却非常坚定。他穿越了时空的慨叹犹如天马行空般自由豪放，不受任何约束，一切权威荡然无存，只有他的思想自由翱翔。在《都江堰》中，当作者看到这历史的博大工程时，他开始以不羁的想象大谈特谈李冰的功勋和都江堰的激动人心，"就是这里的水，也看起来虎虎有生气，让人感觉到它的灵性"（图2-19）。余秋雨散文的出现宣告了杨朔式散文时代的结束，同时也标志着以前者为代表的文化散文创作时代的开端。

图 2-19　都江堰

他力求尽可能全面地体现中华民族的文人人格，并且在批判、比照中呼唤"健全而响亮的文化人格"。这呼唤透过精英文化失落的迷障，应和了中国学者自古以来的特有使命：启蒙人的精神。怀古伤今，谈古论今，作者的脚步到达哪里，他的情感与思绪就在哪里流淌。余秋雨逃脱不了这样的命运，一本《文化苦旅》已然有了他创作模式的雏形，至此，余秋雨虽然无法透过文人千年的无奈指明最终文人的精神出路，但其批判的精神指向却是极其明确的。

20 世纪 90 年代，对于中国当代文学来说是属于散文的年代，余秋雨以渊博的文学和史学功底、深厚的文化感悟力和艺术表现力为依托所写下的《文化苦旅》在 20 世纪 90 年代的散文史上又有着不可替代的地位，它不但表现了中国文化深厚的内涵，而且为当代散文领域提供了崭新的范例。余秋雨处于当时散文浪潮的顶端。"散文热"由他引发，在整个热潮中又以他的成就最大。余秋雨的散文充满灵性、悟性、责任、承担，开创了"文化散文"（也说"学者散文"）的先河，创造了一种新的散文体式——大文化散文，由此也形成了他自己比较固定的创作模式。这种全新的散文体式，引领散文从古老的文体走向新的辉煌和新的高度，散文不再像之前一样用主流意识形态去关注政治、社会，而是更注重对人本身的关注，对人精神世界的观照，并能给读者带来美的享受和心灵的震撼。接下来的《山居笔记》《霜冷长河》《千年一叹》《行者无疆》等则是为他所创立的这种创作模式增加量上的积累，形成独树一帜的创作风格。

在余秋雨的散文中，处处流露着寻真向善、追求文明、弘扬人性的思想情怀。加之他拥有自由的心态、深厚的文化素养，在写作时巧用恢宏的气韵、巧妙的谋篇、流畅的气脉、华丽的辞藻、优美的语言，他的散文更体现出了峭拔、伟岸、厚重、洒脱之感，非常具有亲和力和感染力。而文章中所体现出的人性追求，更是文章的灵魂所在。

图 2-20 《冰河》封面

拓展阅读

1. 余秋雨《冰河》，北京联合出版公司 2014 年版

《冰河》（图 2-20）是余秋雨的首部长篇小说，讲述了一个发生在中国古代南方的传奇爱情故事。与其散文创作不同，余秋雨在小说中通过设置一连串扑朔迷离的意外和磨难，让主人公在绝境重生中找到情之所属，演绎了一段悠远的爱情传说。从这部作品可以看出作者阅尽人间沧桑后的内心感受，如同一坛陈年老酒，记录着作者尘封的记忆。余秋雨说："这部作品可以看成我们夫妻俩在绝境中的悲剧性坚持。但故事还是美好的，甚至没有一个坏人、恶人。真正的艺术，永远不是自卫的剑戟。"小说结构环环相扣，情节跌宕起伏，语言诙谐幽默、典丽清雅，既通俗易读，又充满着浓郁的东方意蕴的美。

▶名家点评

　　余秋雨先生把唐宋八大家所建立的散文尊严又一次唤醒了。或者说，他重铸了唐宋八大家诗化地思索天下的灵魂。

——白先勇

　　这个时代是大争议出大成就，我们有幸就遇到了一批大人物。余秋雨的《文化苦旅》得风气，开生面。他的有关文化研究蹈大方，出新裁。他无疑拓展了当今文学的天空，贡献巨大。这样的人才百年难得，历史将会敬重。

——贾平凹

　　余秋雨先生每次到台湾演讲，都在社会上激发起新一波的人文省思。海内外的中国人，都变成了余先生诠释中华文化的读者与听众。

——高希均

　　余秋雨先生对中国文化的贡献功不可没。他三次来美国演讲，无论是在联合国的国际舞台，还是在华美人文学会、哥伦比亚大学、哈佛大学、纽约大学或国会图书馆的学术舞台，都为中国了解世界，世界了解中国搭建了新的桥梁。他当之无愧是引领读者泛舟世界文明长河的引路人。

——何勇

品鉴与思考

　　1. 余秋雨的文化散文与以往的散文有何不同？

　　2. 试分析《三峡》中"顺长江而下，三峡的起点是白帝城"一句，作者为什么说"这个头开得漂亮"？

《雏菊》：生命之美

《雏菊》

一、作者简介

维克多·雨果（1802—1885年），法国19世纪积极浪漫主义文学的代表作家，也是人道主义的代表人物，被人们称为"法兰西的莎士比亚"。雨果一生创作文学作品共79卷，既包括诗歌、散文、小说，也有剧本、哲学论著等。其代表作有《巴黎圣母院》《九三年》《悲惨世界》等。雨果创作过很多经典文艺作品，在法国乃至全世界都颇具影响力。

二、作品简介

1841年5月29日，雨果创作了一篇题为《雏菊》的散文。写作的前几天，雨果经过巴黎文宪路时，被路边的一处木栅栏所吸引，栅栏里面是两年前被大火焚毁的巴黎滑稽歌剧院。雨果在好奇心的驱使下走进了只剩断垣残壁的歌剧院废墟，这凄惨荒凉的灾后之地使他心生悲痛。因为在作家眼中，曾经生机勃勃的繁华之地变成了贫瘠之处，这是一种视觉上和心理上的冲击，他渴望此时此地尚有生命存留，以示曾经的热闹并未完全毁灭。于是，雨果以其敏锐的眼睛继续寻找生命的痕迹，终于，他在路边一朵不起眼的小雏菊身上有了收获。这篇文章主要描写了一朵生长在剧院废墟里的雏菊，这样一个小小的、顽强的生命，寄寓了雨果对历史、自然及生命的深刻思考。

三、文本解读

《雏菊》这篇散文闪烁着以小见大的智慧之光，一朵小小的雏菊，纤细凡俗，素朴寻常，可在文学家雨果的眼中却是"世界上最美丽的雏菊"。[1]

---

[1] 谢圣双：《一花一世界——雨果散文〈雏菊〉赏析》，《青苹果》2006年第12期。

在一块正在变绿的巨石下面，延伸着埋葬虫与蜈蚣的地下室。巨石后面的阴暗处，长出了一些小草。我坐在石上俯视这些植物。天啊！就在那里长出一棵世界上最美丽的小小的雏菊，一个可爱的、小小的飞虫绕着雏菊娇艳地来回飞舞。

（选自余协斌选编《雨果抒情散文集选》，湖南文艺出版社 1992 年版）

雨果用了颇为高级的形容词，如"最美丽的""可爱的"来描写这在普通人看来并不起眼的雏菊（图 2-21）。那么，它究竟为何如此之美？

图 2-21 雏菊

（一）以小见大

首先，雨果为雏菊的出现作铺垫，将焚毁的歌舞剧院当下所呈现的场景用"凄凄惨惨，无比荒凉。满地泥灰，到处是大石块，苍白如墓石，发霉像废墟"等表述，尽显雏菊生长的地点早已遍布疮痍，以形成鲜明对比。其次，在文中出现的第一个生物并不是雏菊，而是小草，它们生长在巨石后面的阴暗处。这些小草虽不起眼，却已在隐晦地为下文雏菊的出现做了进一步的引导和铺垫：它们也是在逆境中顽强生长的小小生命。

继而，在雨果的俯视下，这朵"世界上最美的雏菊"伴随他的惊诧"天啊！"出场，同时紧接着出现了另一个生命——"飞虫"。在他人的眼中兴许很惹人厌烦的小虫，雨果却说它"娇艳地飞舞"，充满了灵动鲜活之气。于是，有了这一个个偶然，这里绽放出"洁光四射的悦目的小小黄太阳"仿佛也变得顺理成章。一朵小花的偶然诞生，展示了生命顽强的同时也诉说了光阴的绵长。雨果更是透过这朵雏菊，看到了其生长背后的历史变迁："多少失败和成功的演出，多少破产的人家，多少意外的故事，多少奇遇，多少突然降临的灾难！"[①] 令人唏嘘不已。

雨果因路过文宪路偶然看到的雏菊，而作此文，指出一个常为人忽视的道理："最渺小的事物往往就是最重大的事物。"[②] 这句话言浅意深，看似情感丰富又蕴涵着深奥的哲理。它充分显示了何为以小见大，仅是小小的雏菊和飞虫，雨果也能由表及里，通过它们小小的身影看到了其背后强大的生命价值。因为在他的眼中，一朵花、一只虫、一块石头，即使看起来再稀松平常、微不足道的事物，倘若能触动我们的心灵，激发我们对生命的思考，也能成为最重大也是最伟大的事物。雨果的《雏菊》看似是在写生物所蕴含的精神价值，实则运用小雏菊的视角来诉说生命之美，体现其生长的顽强和伟大，从而表达作者经过历史变迁后对沧海桑田的感叹之情。

（二）托物言志

很多文学家在表达内心意志的时候，往往不会选择直抒胸臆，而是借物喻人，或托物言志，将其理想愿望、思想感情寄托于某一景物之中，以表达自己的真实想法。好比北宋文学家周敦颐的《爱莲说》中"予谓菊，花之隐逸者也；牡丹，花之富贵者也；莲，花之君子者也"[③] 将菊花比作"花之隐逸者"，将牡丹比作"花之富贵者"，将莲花比作"花之君子者"。这一手法将诸多花种拟人化，寄予了莲花"出淤泥而不染，濯清涟而不妖"的美好品格。同样，雨果眼中的雏菊也不再是纯粹意义上的花朵，而是一种积极向上、顽强鲜活的生命力象征。

此文所创造的意境，也与我国唐朝诗人刘禹锡的一首《乌衣巷》颇为相似："朱雀桥边野草花，乌衣巷口夕阳斜。旧时王府堂前燕，飞入寻常百姓家。"这首诗同样生动形象地描述了历史在变迁、时间在流逝。刘禹锡借用野草花与飞走的燕雀来形容岁月匆匆后的物是人非。再如杜秋娘的《金缕衣》所说："花开堪折直须折，莫待无花空折枝。"以诉说花开花谢的始落交替之快为引，劝诫少年珍惜时光，莫要蹉跎至花朵凋谢之时才只折个空枝。这种无声的借喻境界时刻在鞭策着我们的心灵。关于生命的意义，雨果不仅仅是在对植物的托物言志上感发，他曾在《巴黎圣母院》中也说过："谁虚度年华，青春就要褪色，

① 余协斌：《雨果抒情散文集选》，沈宝基、罗仁携等译，长沙：湖南文艺出版社，1992 年，第 37 页。
② 余协斌：《雨果抒情散文集选》，沈宝基、罗仁携等译，长沙：湖南文艺出版社，1992 年，第 326 页。
③ 方润生：《国学经典诵读》，合肥：安徽大学出版社，2016 年，第 128 页。

生命就会抛弃他们。"① 对于浩瀚的世界来说，人类是那么微不足道，而我们又有什么理由不珍惜今天的这一切呢？

拓展阅读

图 2-22 《巴黎圣母院》封面

图 2-23 《悲惨世界》封面

1. 雨果《巴黎圣母院》，人民文学出版社 2014 年版

《巴黎圣母院》（图 2-22）是法国文学家维克多·雨果创作的长篇小说，该作于 1831 年 1 月 14 日首次出版，在世界文学史上具有深远的影响。故事以 1482 年路易十一时代的法国巴黎为背景，讲述了吉卜赛姑娘埃斯梅拉达与巴黎圣母院副主教弗罗洛、弓手队长弗比斯、敲钟人卡西莫多等人之间的爱恨纠葛和悲剧命运。雨果通过他们之间的种种故事借以批判了吃人的宗教的同时，也赞扬了普罗大众的纯真善良、仁义奋进等品质。《巴黎圣母院》打破了以往古典主义的桎梏，是浪漫主义作品中一座里程碑，具有宏大的历史意义。②

2. 雨果《悲惨世界》，人民文学出版社 1992 年版

《悲惨世界》（图 2-23）是雨果在 1862 年出版的一部长篇小说，故事涵盖了拿破仑战争前后十几年的时间。剧情主线围绕主人公冉·阿让的牢狱苦难经历，再现了法国七月革命时期的真实社会状况，描述了底层人民的悲惨生活。雨果通过描写以阿让为代表的悲苦平民所遭遇的重重苦难与艰难求生，赞扬了人民百姓面临困境时所迸发的勇敢斗争精神，并借此告诉人们：若想走向幸福的彼岸，总要经过苦难的历程。《悲惨世界》是雨果继《巴黎圣母院》之后创作的又一部气势恢宏的文学巨著。

① 雨果：《巴黎圣母院》，李玉民译，长春：吉林出版集团有限责任公司，2009 年，第 348 页。
② 蔡琳杉编著：《中外名著导读：高中版》，北京：团结出版社，2015 年，第 154 页。

▶▶名家点评

雨果是法国极少数的真正受到民众欢迎的作家之一，可能是唯一的一位。

——[法] 让–保罗·萨特

在文学界和艺术界的所有伟人中，雨果是唯一活在法兰西人民心中的伟人。

——[法] 罗曼·罗兰

雨果的创作技巧不同凡响，对他的天才并无妨碍。

——[法] 于勒·勒纳尔

雨果是这样一个罕见的人，他永远以自由为本，犹如自由是一切美好事物之源。

——[法] 阿兰

品鉴与思考

1.雨果通过一朵雏菊看到了它背后所凝结的城市之变，感叹命运变化无常，从而赞美了雏菊强大的生命力及它的鲜活可爱。那么对此，你有什么人生感悟？

2.对于《雏菊》结尾处最后一句话"对善于观察的人，最渺小的事物往往就是最重大的事物"你如何理解？

《假如给我三天光明》：乐观之美

《假如给我三天光明》

一、作者简介

海伦·凯勒（1880 — 1968 年），知名女作家、教育家。她刚刚 19 个月大时就因患了猩红热导致终生失明失聪，海伦在黑暗和痛苦之中挣扎了许久。后遇到其恩师安妮·莎莉文，在她的帮助下，海伦逐渐学会了读书写字，并努力与其他人沟通交流。在异常强大的意志力和乐观的生活态度的支撑下，海伦以优异的成绩毕业于美国哈佛大学，成了一个学识渊博，掌握英语、法语、德语、拉丁语、希腊语五种语言的著名作家和教育家。后来，她走遍世界各地，把自己的一生献给了盲人福利和教育事业，是影响世界的伟大女性之一。海伦·凯勒主要作品有《假如给我三天光明》《我的生活》《老师》等。

二、作品简介

《假如给我三天光明》是美国当代作家海伦·凯勒的散文代表作。该文的前半部分主要写了海伦变成盲聋人后的生活，后半部分则介绍了海伦的求学生涯，同时也介绍了她在失去声音和色彩之后所体会到的不同生活，以及她努力奉献的慈善活动等。她以一个身残志坚的柔弱女子的视角，告诫身体健全的人们应珍惜生命，珍惜所拥有的一切。

此文前半部分主要写了海伦变成盲聋人后的生活。对于一个双目失明又双失聪的人来说，这无疑是其大的绝望。海伦最初情绪消极，总是暴躁易怒，她认为自己的生活就像她的感知世界一样一片黑暗。海伦的父母不忍她饱受痛苦的折磨，于是帮她找到了一位老师——莎莉文（图 2-24）。她成了海伦新生活的引导者，使海伦对原本绝望的生活重新燃起了新的希望。在莎莉文老师耐心地指导下，海伦学会了阅读，学会了她人生中的第一个字——"水"（water），也让她感受到了身边的爱，逐渐体会到了许多与以往"黑暗"的世界中不同的事物。

图 2-24　海伦·凯勒（图左）与老师莎莉文（图右）

后半部分则介绍了海伦的求学生涯。在莎莉文老师的悉心教导下，海伦克服了种种常人无法想象的困难，也结识了许多的朋友。虽然在这过程中海伦历经磨难，但她从未产生过放弃的念头。海伦的努力终于得到了回报，她考上了哈佛大学。进入大学后，学业生活并未因为这个盲聋姑娘的可怜而眷顾她，由于其生理上的缺陷，大学繁重的功课使海伦非常吃力。可她并未就此放弃，始终秉持着不屈不挠的精神，在老师的帮助及其自身的不懈努力下，最终她不仅以优异的成绩从大学顺利毕业，还掌握了英语、法语、德语、拉丁语和希腊语五种语言[①]，这是很多健全的人都未必能做到的。海伦在书中除了诉说自己的生活和感受外，还提及了她在生活中的几个重要人物，如母亲凯蒂·亚当斯、莎莉文老师的丈夫梅西先生、作家马克·吐温等。

三、文本解读

海伦·凯勒在《假如给我三天光明》（图 2-25）中，通篇站在自己第一人称的视角，运用极其富有情绪感染力的叙事风格，倾诉了她对自己具有健全听力、视力及语言交流能力的生活的渴望，体现了她对待生活积极乐观的态度。

（一）强烈对比的叙事手法

由于文章是作者对于美好生活的真情期盼，所以整篇文章中所提到的大部分事物都是海伦脑海中虚构的、非真实的。在文章中，海伦时常用视听健全的人

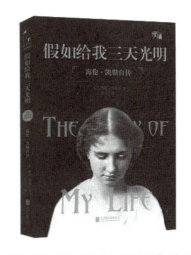

图 2-25　《假如给我三天光明》封面

---

① 红马童书：《他们影响了后世》，南昌：二十一世纪出版社，2011 年，第 125 页。

在生活中的细枝末节与自己的生活习惯作对比。如海伦尝试用"视觉"二字作为三天"恢复光明"的重点：

你们有视觉的人，可以通过观察对方微妙的面部表情，肌肉的颤动，手势的摇摆，迅速领悟对方所表达的意思的实质，这该是多么容易，多么令人心满意足啊！

（选自海伦·凯勒《假如给我三天光明》，山东文艺出版社 2019 年版）

作者在对比中表达了她对于生活的态度，我们能够通过字里行间显著的感叹语态充分感知到，海伦对我们习以为常的甚至是在某些厌世的人眼中无聊乏味的生活有多么羡慕。但是，海伦的理想愿望并非只是礼赞当下，而是珍惜眼前所拥有的一切。海伦想要通过这种强烈的对比手法告诉人们：美好的生活不易，且行且珍惜。若能体会，人们将会发现面前敞开了一个美丽的新世界。这样的道理，人们兴许早就不止一次听到过，但在海伦眼里，却是等同全部生命的三天。

《假如给我三天光明》中的种种对比，还能透露出海伦·凯勒的危机意识。她之所以用这种方式把自己所有的痛苦写下来，不是为了获得同情或者赞美，而是希望能给人们带来警醒，知道正常人所拥有的天赋感官有多么珍贵。她不希望看到人们在生病的时候才惦念健康的可贵，但这不代表她真的希望灾难降临人间。相反，她十分热爱和平，还与莎莉文一起在演讲中呼吁人们反对战争。对于第一次世界大战，海伦曾说："我希望世界能早一天实现和平，让人类过得更幸福，到那时，人们就不必再期待身后的天堂了。"[1]

（二）乐观积极的叙事态度

单是想想海伦·凯勒所遭遇的一切生理缺陷，就已经令很多人感到畏惧和绝望了，更不必说亲身经历她所承受的痛苦。但是对于海伦来说，她笔下的生活依然是美好的。在她虚构的这恢复光明的三天之中，她将对于世间万物的美好期盼寄于字词之间，令人感动且发人深思。

从她的文字里，你看不到一丝消极与低沉。在这三天里，海伦感受到了大自然的山川河流之美，体会到了鸟语花香之意；她想象自己从自然历史的长河向人类文明的长廊探索，走过博物馆、参观美术馆、探寻展览园，想要见到这些璀璨光辉的文化。其实，她想做的都是最平凡的小事，她想记住每个朋友的面庞，想参观人类创造出的社会文明和艺术

---

[1] 海伦·凯勒：《假如给我三天光明》，桃乐编译，济南：山东文艺出版社，2019 年，第 136 页。

瑰宝，想看看城市中人潮的繁忙喧嚣和街角咖啡馆里的静谧。这些我们司空见惯甚至不以为意的场景，在海伦的笔下都是最值得期待的美好。她字里行间迸发的乐观、阳光、热情，犹如一朵太阳下的向日葵，为无数人们输送了强大的意志力，具有浓烈的积极正向的感染力。正如美国《时讯周刊》所评价的："海伦·凯勒被评为 20 世纪美国的十大偶像之一是当之无愧的，《假如给我三天光明》这本书是伟大的经历和平凡的故事完美的结合。海伦·凯勒堪称人类意志力的伟大偶像。"①

拓展阅读

1. 海伦·凯勒《海伦·凯勒自传》，河南文艺出版社 2019 年版

《海伦·凯勒自传》（图 2-26）包括《我的人生故事》和《假如给我三天光明》两部分，讲述了海伦凯勒在人生的漫漫长夜中挣扎、求索，讲述了她生活中的寻常点滴，以及她生活在黑暗中却又给人类带来光明的伟大经历。

图 2-26 《海伦·凯勒自传》封面

本书真实再现了海伦·凯勒伟大的一生，以其顽强的毅力写就的生命神话。她的自传被誉为"世界文学史上无与伦比的杰作"，堪称是美国历史上最伟大的女性传记。

2. 海伦·凯勒《海伦·凯勒心语：珍爱此生》，求真出版社 2010 年版

《海伦·凯勒心语：珍爱此生》（图 2-27）本书收集了很多未曾面世的海伦·凯勒的心语语录，摘自美国盲人基金会海伦·凯勒档案馆内的信件和演讲稿。这些语录凝结了海伦·凯勒毕生的智慧、勇气和灵感，表达了海伦对人生意义和世事风云的深刻见解。向人们展示了这位令世人敬仰的女英雄发人深省的生活态度和思想境

图 2-27 《海伦·凯勒心语：珍爱此生》封面

---

① 海伦·凯勒：《假如给我三天光明》，常文祺译，杭州：浙江文艺出版社，2018 年，第 149 页。

界。同时，书中还配有一些珍贵的照片，这些都是海伦·凯勒本人不同时期的真实生活写真，让人更细致了解海伦·凯勒散发光辉的一生。

▶名家点评

十九世纪出现了两个了不起的人物，一个是拿破仑，一个就是海伦·凯勒。

——[美]马克·吐温

海伦·凯勒是一个让我们自豪与羞愧的名字，她应该得到永世流传，以对我们的生命给予最必要的提醒。

——[比利时]乔其特·雷布兰克

海伦·凯勒的身体不是自由的，但她的心灵却是无比自由的。

——[英]师查理·卓别林

品鉴与思考

1.试分析海伦·凯勒在《假如给我三天光明》中传达了何种精神，文中提到在现代社会人与人之间的关爱是如何体现的？

2.海伦·凯勒为什么设想"假如给我三天光明"？她对待生活的态度给予了我们怎样的启示？

第三章

矛盾冲突的戏剧世界

《牡丹亭》：被压抑的情感冲动

《牡丹亭》

一、作者简介

汤显祖（1550—1616年），字义仍，号海若、若士，又号清远道人，江西临川人，明代著名戏剧作家。《明史》记载，汤显祖21岁时中举，但由于为人耿直，又不肯趋炎附势，并拒绝权相张居正的延揽，直到万历十一年（1583年）张居正去世后，时年34岁的汤显祖才中进士，次年任南京太常寺博士，后升至南京礼部祠祭司主事。

万历十九年（1591年），他上奏《论辅臣科臣疏》，揭露赈灾官员的贪贿之行，并进而抨击宰辅，把万历朝的统治总结为前十年坏于张居正，后十年坏于申时行，指责宰相，批评皇帝神宗朱翊钧，辞意严峻，震动朝野，因此被贬至雷州半岛的徐闻县任典史。至万历二十一年（1593年）后，他被调往浙江遂昌县做了五年知县，为政宽简，深得民心。但他对从政渐渐失去了热情，深感时事不可为，最终辞职还乡，晚年主要致力于戏剧创作。

在文学方面，汤显祖的文学主张是"尊情、抑理、尚真"，他相当重视文学的抒情功能，把"情"与"理"放在对立地位上，提倡真情与创新，而反对以理格情。"是非者理也"，"爱恶者情也"，情与理并非并行不悖，而常是"情在而理亡"（《沈氏弋说序》）。"第云理之所必无，安知情之所必有邪？"（《牡丹亭记题词》）这一论点体现出鲜明的人本主义精神，并且汤显祖以此作为文学的出发点，提倡尊重生命欲望、生命活力的自然与真实状态，反对构成社会生活秩序的是非准则，在文学创作中即表现为人性解放的精神。作为戏曲上的"临川派"（文采派）的代表人物，汤显祖主张形式为内容服务，反对拟古和拘泥格律，与"吴江派"（格律派）有明显不同。在政治方面，汤显祖与东林党人立场一致，思想上受泰州学派、达观禅师、李贽等影响较深。

二、作品简介

汤显祖有诗千余首，文五百多篇，但多为酬答之作，艺术成就远不如他的戏剧文学作品。他共创作了五个剧本，《牡丹亭》（图 3-1）是他最钟爱的一部作品，与《紫钗记》《南柯记》《邯郸记》合称"玉茗堂四梦"。《牡丹亭》全名《牡丹亭还魂记》，又称《还魂梦》或《牡丹亭梦》，在文学史上，与元杂剧《西厢记》并称为我国最著名的爱情剧。

故事取材于话本小说《杜丽娘慕色还魂》，写的是南宋太守杜宝之女杜丽娘私自游园，在《诗经》中的爱情诗的启迪下，萌发了青春意识，在梦中与素不相识的书生柳梦梅幽会，尽男女之欢。醒来幽怀难遣，相思成疾，最终抑郁而死。杜宝葬女于花园之中。柳梦梅赴京考试时路过此地，在花园内拾得杜丽娘临终前的自画像，他观画思人，倾慕不已，并于梦中和杜丽娘的阴魂相会。后柳梦梅挖墓开棺，

图 3-1 《牡丹亭》封面

使杜丽娘起死回生，两人结为夫妻，同往临安。柳梦梅考中状元，杜宝拒不承认这桩婚事，最终由皇帝出面解决，才得以被认同，最后合家团圆。

《牡丹亭》在当时社会上引起的效果非同凡响，对当时和后世的社会生活与文学创作都产生了深远的影响。它问世后不久，便"家传户诵，几令《西厢》减价"（沈德符《顾曲杂言》），不断被众多才子佳人称赏，在社会上引起轰动。《牡丹亭》是一部具有鲜明的时代主题特征和震撼人心的艺术力量的杰出剧作，虽然在结构上略显松散冗长，特别是后半部分李全兵乱、杜宝平叛的内容与爱情主线游离，矛盾冲突不够集中，最后的结局柳梦梅中状元、皇帝下旨完婚，处理手法和表现都较平庸，但此剧比起过去的爱情剧有重要的新内涵，尤其是对婚姻、自由的大胆追求，对封建礼教的反抗这一主题，反映出"情"与"理"的斗争，体现了作者反对理学束缚，追求个性自由的进步思想，因而它的缺陷不足以掩盖它的光彩。

三、文本解读

《牡丹亭》塑造了杜丽娘这一生动丰满的人物形象。《牡丹亭》与《西厢记》相比，莺莺之于张生，是由"情"到"欲"；杜丽娘之于柳梦梅，却是由"欲"到"情"。她首先是难耐青春寂寞，因自然涌发的生命冲动指向了与柳梦梅的梦中幽会，放纵一时之欢，由此酿成了生死不忘之深切感情。在全剧最动人的《惊梦》《寻梦》两出中，一系列精美的曲辞，唱出了杜丽娘被压抑、禁锢的生命渴望。作为官宦人家的小姐，杜丽娘从小接受的是封建正统思想的教育，她面对的压迫来自她生活的环境，来自社会正统意识的束缚和社会正统势力的压迫。在这样严酷的环境中，杜丽娘却养成了一种叛逆的性格，压制的力量愈大，反抗的力量也便愈大，从而在"情"与"理"的较量之中推动了杜丽娘性格特征的彰显和故事情节的发展，展示给我们一个因情而死、以死殉情、大胆追求自由和爱情的杜丽娘形象，也体现出当时女性追求自由、摆脱束缚与封建礼教下的严酷压迫之间的矛盾，生命的自由意志与陈腐的社会规制间的冲突达到极为尖锐的程度。汤显祖在《题词》中说："情不知所起，一往而深，生者可以死，死可以生。生而不可与死，死而不可复生者，皆非情之至也。"这体现出作者的创作意图，作者并非在刻意追求情节的离奇，而是要通过离奇的情节来说明人们追求自由与幸福的意志是无法被彻底抹杀的，它终究要得到一种实现。为人们创造自身的生活方式提出了前进的方向，这也正体现了文学的本质功能之一。

剧中其他人物也都写得比较典型。如杜宝夫妇作为封建思想的代表，与杜丽娘的人生理想形成对立，但作者对他们并没有做简单的处理，而是生动细致地体现了他们被封建制度侵蚀的思想。杜丽娘的老师陈最良，他不仅是戏剧主题和情节所需要的人物，而且寄托了作者对社会的深切感慨。他的一生已经被科举制度、封建教条僵化，栖栖惶惶地漂泊于人世而一无所得。从这个意义上来说，他是杜丽娘的对照，作者对他既有尖锐的嘲弄，也有同情和怜悯，他是当时现实生活中众多儒生的典型代表。作者虽然对侍女春香着墨不多，但突出了她少女自然的天性，相当传神地刻画了她天真活泼、大胆逗闹的性格。剧中的男主角柳梦梅，是一个痴情的才子，是典型的爱情剧中的才子形象，但他富有强烈的功名富贵心，在刚直的书生气中夹杂着世故与圆滑，代表了晚明时期士人的气质特征。

《牡丹亭》是一部浪漫主义爱情杰作。其浪漫性体现在三方面：一是独特的构思与幻想的情节；二是诗歌的意境及其营造出的浪漫主义激情；三是语言的流畅自然，华美绚丽，具有浓厚的抒情性。

《牡丹亭》的故事结构不落俗套，作者安排了杜丽娘和柳梦梅梦中幽会、由梦生情、由情致病而又起死回生等一系列故事情节，每一个环节都令人出乎意料，具有强烈的幻想主义色彩，充满了浪漫主义的想象和主观虚构，令全文充满新意，精彩纷呈。

《牡丹亭》塑造了浓郁的浪漫主义意境，像《惊梦》《寻梦》两出，用艳丽而精雅的语言，把春日园林的风光明媚、杜丽娘的伤春悲叹和内心深处的私密情感融合在一起，勾画出动人心魄的优美画卷。构成这种浪漫抒情氛围的要素，首先是众多浪漫的幻想场景，其次是大量的人物内心独白，再就是作者无与伦比的优美文辞风采。另外，《闹殇》《冥誓》《写真》等几出，都富有浓郁的诗情画意。

《牡丹亭》的语言体现出作者汤显祖的文学才华与风韵，言辞浓淡疏密相宜，既自然流畅，又华美绚丽，可谓雅俗共赏，正所谓"淡妆浓抹总相宜"。

拓展阅读

1. 洪昇《长生殿》，中华书局 2016 年版

《长生殿》（图 3-2）讲述的也是一个缠绵悱恻的爱情故事，是洪昇戏曲创作的代表作。该剧题目取自白居易《长恨歌》中的"七月七日长生殿"这一诗句。这部戏剧作品再现了唐明皇与贵妃杨玉环终日游宴玩乐，宠溺丧志，不理朝政的历史画面。七月七日这一天，杨贵妃与唐明皇在长生殿上两两盟誓，情意绵绵，欲世世代代结为夫妻。不久，安禄山发兵叛乱。仓皇中唐明皇带杨贵妃逃离长安，途中官军将杨贵妃哥哥杨国忠杀死，又逼唐明皇下令将杨贵妃缢死。唐明皇被迫无奈，忍痛割爱，杨贵妃殒命山坡。

叛乱平息后唐明皇因极度思念逝去的杨贵妃而伤痛不已。后经道士法术帮忙，二人月宫相会，长生殿上"生生死死共为夫妻"的盟誓得以实现。《长生殿》的主题思想颇值得我们探讨，它一方面颂扬了唐明皇和杨贵妃至死不渝、缠绵悱恻的爱情，一方面又在"安史之乱"前后广阔的社会背景

图 3-2 《长生殿》封面

下，批判了统治阶级荒淫误国的罪行，抒发了民众对国破家亡的愤慨。该作品艺术表现手法细腻，抒情色彩浓厚。

品鉴与思考

1. 试分析杜丽娘的人物形象与性格特征。

2. 很多人认为《牡丹亭》具有典型的浪漫主义特征，汤显祖借此歌颂了人们勇于打破封建桎梏的精神价值，体现了作者对人的思想、情感及个性解放的肯定。那么，你对此有何理解？

《西厢记》：有情人终成眷属

《西厢记》

一、作者简介

王实甫（1260—1336 年），字德信，元朝大都（今北京市）人，著名的杂剧作家，经典戏剧作品《西厢记》的作者。王实甫所作的全部杂剧作品数量为 13 种，现存有的作品为《崔莺莺待月西厢记》《韩采云丝竹芙蓉亭》《苏小卿月夜贩茶船》《吕蒙正风雪破窑记》《四大王歌舞丽春堂》等，以及其他少量散曲存世：套曲 3 种（其中有一套已残破），分散于《北宫词纪》《中原音韵》《雍熙乐府》和《九宫大成》等书中，还有 1 首小令。至于王实甫的其他曲目作品，学术界尚存在不同的看法，认为《娇红记》《诗酒丽春园》都不是他的作品，还有人认为现存的《破窑记》是关汉卿的作品，至今没有形成定论。

《录鬼簿》把他评为关汉卿之后最具才华的剧作家，由此可以得知他在同时期的关汉卿之后，在元成宗元贞至大德年间（1295—1307 年）生活，曾在京城担任过高官。贾仲明在追悼他的《凌波仙》词中，曾提到与他有关的情况，评价他戏剧的风韵美，为"花间诗人"，因其常常描写"风月营""莺花寨"等艺人歌女的生活场所，可见王实甫与大众市民的生活联系十分紧密。也正是因为这样，他才能写出贴近人民群众、广为流传的经典戏剧作品《西厢记》，这部元代最优秀的杂剧作品之一。

二、作品简介

《西厢记》(图 3-3)，全名《崔莺莺待月西厢记》，共有 5 本、21 折、5 楔子。《西厢记》大致写于元朝元贞至大德年间，是他杰出的代表作。这个剧在当时就已惊倒四座，被元朝时期的青年男女深深喜爱，誉之为"天下夺魁"。历史上，"有情人成眷属"既是大家心中的美好愿望，又是许多文学作品的主题，但《西厢记》却是戏剧中表现这一主题最成功的

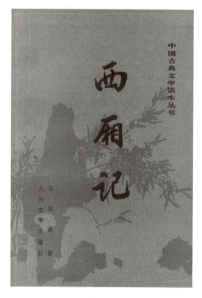

图3-3 《西厢记》封面

作品。

《西厢记》主题最初来源于唐代元稹创作的传奇《莺莺传》，之后，人们对于这个爱情故事的结局颇有遗憾，斥责张生是一名"薄情少年郎"。于是，在流传的过程中，这个爱情故事的结局就开始发生了改变。宋代之后，经济快速发展、市民阶层扩大，普通市民心中的爱情观念也发生变化。及至金代，董解元已写出了诸宫词《西厢记诸宫调》，作为当时的说唱艺术作品风靡一时，与现今的评弹相似，用琵琶与筝相奏。元代，王实甫将《西厢记》内容扩充增添，加入人物与场景，将结局也改为张生与莺莺相亲相爱，不顾老妇人的阻拦，结成连理的大团圆结局。

王实甫在诸宫调的基础上将《西厢记》改编成多人上台演出的戏剧作品，使戏剧矛盾冲突更突出，情节更紧凑，又与古典诗词结合，大大增强了作品的文学性。清朝的作家金圣叹点评王实甫的《西厢记》为"第六才子书"。如今，《西厢记》广为流传，及至灯谜文化中也常常加入《西厢记》的句子作为谜底。《西厢记》已成为中国戏剧文化的经典曲目。

三、文本解读

《西厢记》讲述了书生张生（名为张群瑞）在普救寺与崔莺莺一见倾心，后在丫鬟红娘的帮助下，瞒过老夫人，两人私下幽会定下终身，张生在半年之后考中状元，一番曲折之后，两人终成眷属的故事。在此剧中，人物形象虽不多，但每个人物形象都十分饱满，个性鲜明。崔莺莺、张生、红娘等，都是中国古典戏剧中典型的人物形象。王实甫不仅善于从正面刻画人物，还长于侧面描绘，使人物形象具有立体感。这样安排不仅将人物性格与情节的展开高度结合，还制造了戏剧矛盾的冲突、曲折、复杂、悬念。

（一）张生

王实甫在《西厢记》中刻画了张生这一温文尔雅、诚实直率、略带书生气的人物形象。他执着地追求相国千金莺莺，既朴实真诚又矢志不渝。张生在普救寺留宿期间，对崔莺莺一见钟情，之后在红娘的帮助下，成功地接近了崔莺莺，甚至将功名抛之脑后，久居普救寺。他在寻求爱情的期间，有时显得很机灵，如写信退贼、请求追荐等，但有时又显得过于憨厚，甚至略带傻气，如初见莺莺就一五一十地自报家门，对老夫人为难莺莺的陈词常常束手无策。正是张生的这种憨厚、质朴与他的风流才气相结合，才使得人物形象更为真实、鲜活、丰满，为人们所喜爱。

（二）崔莺莺

崔莺莺的人物性格是热情又沉静的，她内心既喜欢张生，又冷静地克制自己。她聪明又机灵，作为一个"相国小姐"敢于冲破封建礼制追求自己的婚姻，非常有勇气。同时，戏剧中也刻画了她内心的矛盾。她一方面敢于突破封建藩篱，一方面又犹豫动摇；在红娘面前，她一方面想刻意隐瞒内心情感，另一方面又借助红娘与张生互相联络。也正因为自身性格特点与社会环境的制约，她在争取自由婚姻的道路上倍加艰难。戏剧作品中将莺莺复杂矛盾的性格刻画得十分细致，使得这一形象真实感人，使读者感到人物栩栩如生。

（三）红娘

红娘，是《西厢记》中最活泼生动的人物，虽然是丫鬟身份，却有着莺莺所不具备的胆量。虽身份低微，却比主人更机智、更有主见，为张生与崔莺莺的自由婚姻牵线搭桥。如今，她的名字"红娘"也成了那种成全他人婚姻形象的文化象征。她为了促成小姐莺莺与书生张生本来没有希望的婚事，既要蒙蔽威严的老夫人，又要鼓励软弱、憨厚的张生，同时还要小心地对待敏感多愁的小姐莺莺。她对张生是热情坦率的，对小姐是忠诚机智的，在与老夫人相交的过程中，又是有勇有谋的。

在整个爱情发展过程中，作品细腻地刻画出她坚定、勇敢的性格，憧憬未来的喜悦，同时也塑造了她在穿针引线过程中所表现出的害怕、恐惧，以及被责备时的痛苦，这样一个既阳光又忧愁的丫鬟，成了文学史上的典型人物形象。

拓展阅读

1. 王实甫著，金圣叹评点《金圣叹评点西厢记》，上海古籍出版社 2008 年版

《西厢记》作为我国古代杰出的戏剧佳作，自诞生之日起就受到了多方关注与讨论。在众多的评点范本当中，金圣叹对于《西厢记》的评点可以说是经典之中的经典、佳作之中的佳作，因此深受后世文人推崇，影响也最为深远。

《金圣叹评点西厢记》（图 3-4）是清代文人金圣叹对于《西厢记》中的内容架构与人物性格的精彩评点。文章分为五卷，每一卷四个部分，如卷一《惊艳》《借厢》《酬韵》《闹斋》。书中用词生动活泼，浑然天成，富于感染力，散发着浓郁的人文情怀。读者可以通过金圣叹的观点实现对《西厢记》的深入理解和鉴赏，并能够快速地掌握《西厢记》的精髓之处。书中珍贵的版刻插图和生动的文字搭配，可以使读者在阅读的同时获得更好的审美体会。

2. 郑光祖《倩女离魂》，长春出版社 2013 年版

爱情剧《倩女离魂》与《西厢记》《墙头马上》《拜月亭》等剧作齐名，共同被誉为元代四大爱情剧。全剧以张倩女和王文举的爱情故事为线索，通过张倩女

的"离魂""合魂"等奇幻大胆的情节表现封建礼制束缚

图 3-4 《金圣叹评点西厢记》封面

下的女性对于爱情的深切向往与勇敢追求。

图 3-5 《倩女离魂》封面

王永恩校注的郑光祖《倩女离魂》(图 3-5) 不仅对《倩女离魂》原版剧情进行了解读与分析，同时还对其主旨和艺术特色进行了深入剖析。其中的名句摘录模块能够使读者快速了解剧情当中的经典桥段与对白，知识链接与名家评论模块则可以使读者更为系统地了解元杂剧与元代的才子佳人剧，对于想要学习元杂剧和爱情剧知识的读者十分有益。

品鉴与思考

1. 试分析《西厢记》中崔莺莺的人物形象及其性格特征。

2. "愿天下有情人终成眷属"这句话是由《西厢记》提出的，传诵至今，赞扬了崔莺莺和张生勇于追求真挚的感情，否定封建社会式联姻并始终把爱情置于功名利禄之上的积极感情观。那么学习《西厢记》之后，对你在感情的理解方面有何启发？

《窦娥冤》：感天动地的超现实悲剧

《窦娥冤》

一、作者简介

关汉卿，生于金末，是元代著名的杂剧作家，杂剧的奠基人，钟嗣成在《录鬼簿》中称他"驱梨园领袖，总编修师首，捻杂剧班头"。由此可见，他在元代剧坛上有很高的地位。与白朴、马致远、郑光祖并称为"元曲四大家"。关汉卿曾自称，他是个"普天下的郎君领袖，盖世界浪子班头"。据文献资料记载，关汉卿共创作杂剧 67 部，如今现存剧本 18 部，如《窦娥冤》《救风尘》《望江亭》《拜月亭》《鲁斋郎》《单刀会》《调风月》等，都是他的代表作品。关汉卿也塑造了"不伏老"这一"蒸不烂、煮不熟、捶不匾、炒不爆、响珰珰一粒铜豌豆"形象，被世人誉为"曲家圣人"。

目前能查到关汉卿本人的生平资料相当匮乏，只能从零星的记录中获取。关于关汉卿的籍贯，有祁州、大都、解州等不同的说法。元代的戏曲家钟嗣成在其所著《录鬼簿》记载关汉卿是大都人，并且位居"太医院尹"，这是元代户籍之一，属太医院管辖。也由此推断，关汉卿很可能是一个在元代太医院有官职的太医。他的作品《拜月亭》，文中有一段关于临床诊病的细节描写，仿佛大夫的口吻，可以作为他大夫职业的证明。关汉卿所处的时代背景黑暗，社会动荡不安，因此他的杂剧内容具有非常高的现实性和对当时社会强烈的反抗精神。

二、作品简介

《窦娥冤》（图 3-6）是中国著名的悲剧之一，也是元代戏曲家关汉卿的杂剧代表作品，堪称元杂剧悲剧的典范，该剧取材于东汉"东海孝妇"的民间故事。该悲剧讲述了一位穷书生窦天章因无力偿还高利贷，不得已将女儿窦娥抵给蔡婆婆做童养媳，然而，窦娥十七

图 3-6 《窦娥冤》封面

岁与蔡氏之子成婚后不到两年时间，却因夫君的早死成为寡妇。地痞张驴儿硬要蔡婆婆将窦娥许配给他，未得逞后在蔡婆婆汤中投毒，不料没有毒死蔡婆婆，却误毒了自己父亲。张驴儿反而诬告是窦娥毒死了其父老张，昏官桃杌最后将此案断成冤案将窦娥斩首，窦娥在临死之前曾发三桩誓言："血染白练""雪飞六月""亢旱三年"。公义的窦天章回任楚州做高官，听闻此事，最终为窦娥洗冤昭雪。

《窦娥冤》具有较高的历史文化价值，是一部拥有广大群众基础的经典名剧，之后共有约八十六个剧种改编此剧。《窦娥冤》又名为《秉鉴持衡廉访法》，正名为《感天动地窦娥冤》。全剧四折一楔子，此剧现存版本有《元曲选》壬集本、《酹江集》本、《元杂剧二种》本、明脉望馆藏《古今名家杂剧》本、《元人杂剧全集》本。《窦娥冤》揭露了元代统治的昏庸腐败，反映了当时社会的不良风气，歌颂了窦娥的反抗精神与窦天章的公平正义，体现了现实主义与浪漫主义的融合，剧中将丰富的想象与大胆夸张、超现实的情节相结合，显示出强大的正义力量，表达了作者爱憎分明的思想，反映了平民百姓渴望伸张正义，惩治邪恶力量的愿望。

三、文本解读

《窦娥冤》讲述了无辜的平民女子窦娥含冤而死，最终得到平反，正义得到伸张的故事，表现了劳动人民对于邪恶力量的反抗精神。文章从一个流落在楚州的秀才窦天章为开端，困苦流离，因欠蔡婆婆四十两银子无力偿还，不得不将七岁的女儿窦娥卖给蔡婆婆作童养媳。窦天章因此得到蔡婆婆的十两银子路费，进而赴京赶考。在这期间，窦娥被张驴儿残害，三年之后，窦天章职位高升，以提刑肃政廉访使的职务，到楚州视察民情，查阅案卷，调查贪官污吏。调查期间窦天章也一直在打听女儿窦娥的下落，窦娥的冤魂出现，向他控诉了这桩冤情。遂而，窦天章将张驴儿、桃杌、赛卢医等人捉拿归案，惩戒恶人，女儿窦娥的冤案也得以平反。

（一）窦娥

　　窦娥在这部戏剧中，看似是一个悲剧人物，事实上，她是作为一位与黑暗势力斗争的英雄人物形象而出现的。戏剧塑造出了主人公窦娥这一人物，刻画了她代表劳动人民的困苦形象。文中刻画了窦娥悲惨的身世与不幸的遭遇，虽然她坚决抗争，结局却是悲惨的。鲁迅曾说："悲剧就是将人生有价值的东西毁灭给人看。"[1]窦娥的人生故事，一方面通过社会黑暗、吏治腐败展开；另一方面，通过刻画她善良又具有反抗精神的形象展开，从而歌颂了社会底层人民勇于反抗压迫的强烈斗争精神，体现了作者积极的现实主义理想。

（二）张驴儿父子

　　张驴儿父子在此剧中扮演着与平民百姓相对立的流氓恶棍角色，父子二人也是统治者的爪牙，这种人在元代的数量很多，因此作为典型人物形象被关汉卿写进了剧本中。此剧中，张驴儿父子与窦娥之间的关系虽带有偶然性，却表现了窦娥与蔡婆婆这两个孤苦伶仃的寡妇受欺的必然性。即便张驴儿父子不来，李驴儿父子、赵驴儿父子也会来，他们代表着封建社会中恶势力的存在。相信邪不胜正的窦娥毅然反抗，决不屈嫁于张驴儿。与张驴儿父子相勾结的赛卢医、桃杌，这群坏蛋组成了黑暗的元代社会图像，构成了剧本的典型环境，他们给劳动人民带来了悲剧，既是命运的悲剧，也是社会的悲剧，构成了剧本的矛盾冲突。

（三）窦天章

　　窦天章在此剧中是窦娥的父亲，他是一个穷困且深受儒家思想影响的书生，一心只想考取功名，也因此过着穷困潦倒的生活，最终走投无路，借了高利贷却无力偿还，还掉进了高利贷的旋涡，为进京赶考求得功名，竟然将自己年仅七岁的女儿"卖"给了蔡婆婆。窦天章在剧中代表了深受儒家思想影响考取功名利禄以积极入世的男性价值观，甚至会像《论语·八佾》所说："君要臣死，臣不得不死。"[2]窦天章就是这样的一位儒生，他可以为君死，甚至王朝覆灭之际也会与没落的国家一起死去。在这里，窦天章是作为坚贞、忠诚、爱国，甚至"愚忠"的形象而出现的。最终，窦天章成功考取了功名，实现了自己的愿望，但他也造成了女儿窦娥的悲剧，若没有他对于考取功名的急迫选择，也不会卖掉女儿，这么多年不闻不问，致使女儿最终含冤而死。即使窦天章成了一个廉洁的官员，重整了冤案，窦娥也已经离开人间了。

---

[1]　陈谦豫：《中国小说理论批评史》，上海：华东师范大学出版社，1989 年，第 125 页。

[2]　傅庚生：《国学指要》，傅光续编，北京：生活·读书·新知三联书店，2019 年，第 81 页。

拓展阅读

图 3-7 《桃花扇》封面

1. 孔尚任《桃花扇》，华东师范大学出版社 2006 年版

《桃花扇》（图 3-7）是清代著名的传奇剧本，与《西厢记》《牡丹亭》《长生殿》并称中国古代"四大名剧"。全剧以中原才子侯方域和秦淮名妓李香君的离合之情作为主线，描述了当时社会的风云变幻，侯方域与李香君的儿女之情与国家大爱相互交织，谱写了一曲动人长歌，描述了明末年间朝廷的兴亡变迁历程。作者借这则故事哀叹国家的兴衰，就像孔尚任自己所说的那样"借离合之情，写兴亡之感"，故事情节跌宕起伏，剧中人物性情迥异，通过其生动的人物形象特征，侧面折射出作家对于明朝灭亡原因的思考。全书从侯李的爱情、文人的交往、时局的变化以及人物命运的飘摇展开描写，前半部分的轻松愉快与后半部的沉重悲痛形成鲜明的对比，剧中的李香君可以说是最为出彩的人物，虽出身卑微，处于社会的最底层，但她却有着无人能及的高尚品格与气节，我们可以从她的"他人攻之，官人救之，官人自处于何等也?"的语句中，还有自知会是"后会期无凭准"的局面，但还是力劝夫君速离避难，并发誓为夫守节绝不再嫁的情节中，看到她的深明大义以及坚贞不屈的品格，还有其性情的刚烈和性格上的至情至性。但文章最终没有跳脱出封建思想的束缚，象征爱情的桃花扇的损毁已昭示着文章的结局，不禁使人叹息。这部著作所带来的积极影响不容忽视，香君的坚守原则、不言放弃、舍生取义等思想对于今天的我们仍有学习的价值与意义，也正是因为这些充满正气的人物形象才成就了《桃花扇》这一传奇佳作，并代表着中国古代历史剧创作的顶级水准。

2. 纪君祥等撰《赵氏孤儿》，上海古籍出版社 2010 年版

本书是以"赵氏孤儿"赵武的故事为主题汇编的一本主题文集志书（图 3-8），又称《赵氏孤儿冤报冤》。"赵氏孤儿"的故事最早由汉朝司马迁在《史记·赵世家》中创作而生，元代纪君祥所撰的著名杂剧《赵氏孤儿大报仇》，与关汉卿的《窦娥冤》、马致远的《汉宫秋》和白朴的《梧桐雨》被列为元杂剧四大悲剧。主要讲述了春秋时期，晋国上卿

赵盾遭到大将军屠岸贾的诬陷导致全家三百多人遭灭门之灾，最后仅剩下一个孤儿幸免于难。屠岸贾为了斩草除根，下令全国搜捕赵氏孤儿赵武。赵家的门客程婴与老臣公孙杵臼将赵武救出。为了救护赵武，前后有多人为此牺牲生命。被救下的赵武后来由程婴抚养长大，二十年后，赵武得知自己的身世真相，亲自为家人报仇雪恨。这部作品的核心思想不在于突出赵氏孤儿的复仇事件本身，而是歌颂在救护赵武的过程中，众多平凡英雄人物见义勇为，挺身而出的奉献精神。

图 3-8 《赵氏孤儿》封面

品鉴与思考

1.窦娥与蔡婆婆之间的相处中，从哪些方面可以体现窦娥的淳朴善良？

2.很多人认为造成窦娥悲剧的主要原因是当时的社会统治异常黑暗，百姓无处申冤，因此作者关汉卿以窦娥之死来抨击这种负面黑暗，侧面反映了人们的觉醒意识和反抗精神。那么你对此有什么看法？

3.《窦娥冤》是我国古代悲剧的经典代表作品，作者运用超现实手法设计了窦娥死前立下的"三桩誓言"，尔后都一一灵验。谈谈这一情节寄托了作者怎样的思想情感？

《雷雨》：在沉沦中挣扎的人性

《雷雨》

一、作者简介

曹禺（1910—1996年），中国现代杰出的戏剧家，原名万家宝，字小石，祖籍湖北潜江，清宣统二年八月二十一日（1910年9月24日）生于天津一个封建官僚家庭，1922年考入南开中学，加入南开新剧团，1925年开始演戏，1928年考入南开大学政治系，1929年转入清华大学西洋文学系。在此期间，曹禺广泛阅读、涉猎欧美文学作品，特别喜欢古希腊悲剧和莎士比亚、易卜生等人的戏剧作品，为其以后的戏剧创作打下了坚实的基础。1933年大学毕业时，他写出震惊文坛的处女作《雷雨》，经巴金推荐，在《文学季刊》第1卷第3期上发表。1935年夏，他又创作出以都市生活为背景的四幕悲剧《日出》。两部作品的相继问世，奠定了曹禺在中国话剧史上的地位。后来，他又陆续创作了《原野》、《蜕变》、《北京人》、《明朗的天》、《胆剑篇》（与人合写）、《王昭君》等有名的剧本，并改编了巴金的小说《家》。曹禺曾任中央戏剧学院副院长、北京人民艺术剧院院长、中国文联执行主席等。曹禺擅长以现实主义的笔触深入挖掘人物的内心世界，展现紧张、尖锐的戏剧冲突，戏剧氛围浓重，语言富有诗意。有些作品被译成多国语言在国外上演。"曹禺"是他在1926年发表小说时第一次使用的笔名。

二、作品简介

《雷雨》（图3-9）的故事发生在20世纪20年代一个夏天，天气闷热，暴风雨即将来临，周公馆内也在酝酿着一场即将来的暴风雨。30年前，周朴园与女仆梅侍萍相爱，并且生了两个儿子。后来，周家为了迎娶一位门当户对的小姐，在大年三十晚上赶走了梅侍萍和刚刚出生三天却病重的次子（鲁大海），强迫她留下了长子（周萍）。侍萍走投无路，投河自尽，幸而被救，此后嫁给了鲁贵，又生了女儿四凤，自己改名鲁侍萍，儿子改名鲁大海。后来，鲁大海在周朴园的煤矿公司做工人，四凤在周公馆做侍女。周萍在28岁这年从寄养的乡下回来，但因周朴园将大部分精力用在社会事务上，导致其续娶的太太繁漪无法忍受长期苦闷的婚姻生活，遂与周萍有了乱伦之情。周萍清醒后十分害怕，急于摆脱繁漪，而爱上四凤。繁漪吃醋，打算叫来四凤的母亲侍萍要辞退四凤。可四凤此时已经怀上了周萍的孩子，重蹈了母亲的覆辙。为摆脱大家庭的压力，周萍欲带四凤私奔，繁漪知道后，不肯放过他们，竭力阻挠，并找来四凤的母亲，在

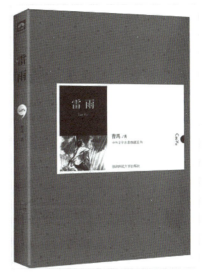

图 3-9 《雷雨》封面

周朴园面前摊牌。这时，周朴园认出了梅侍萍，以为繁漪发现了这段三十年前的隐情，于是，让周萍叩头认母。得知真相的四凤无法接受周萍是自己亲哥哥这一沉重打击，跑进雨中触电身亡，前来救助的周冲（繁漪与周朴园之子）也触电身亡。周萍开枪自尽，繁漪彻底疯掉。

三、文本解读

（一）繁漪的"恶魔性"心理分析

在一些西方文学作品当中存在着特意表现乱伦关系的现象。奥尼尔写过一个剧本——《榆树下的欲望》，讲的也是一个继母与前妻的儿子之间乱伦的故事。在欲望的驱使下，任何疯狂的事情都有可能发生，而《雷雨》跟奥尼尔叙述的故事相比，显得更加猛烈疯狂。

繁漪这个人物具有双重性格。一方面，为了继续纠缠住周萍，她打出了两张牌，先是利用周冲也喜欢四凤这一点，让周萍因背负夺弟弟所爱的罪名而无法逃走。谁料周冲不但没阻拦，还出人意料地说出自己并非真的喜欢四凤的真心话，并嘱托哥哥好好待四凤。眼见这一招没有奏效，繁漪又打出第二张牌——周朴园，她宁肯背上乱伦的罪名，在周朴园面前摊开事实真相，也不愿成全周萍和四凤。此举鲜明地表现出繁漪的报复心理，她内心的"恶魔性"便完完全全展现出来了。另一方面，繁漪的人生命运走到这样的地步，也具有一定的悲剧性。在梅侍萍离开周家之后，周朴园把所有的精力都投入社会事务之中，对家庭、对婚姻始终无法全情投入。繁漪17岁嫁到周家，事发时周冲17岁，由此推算，她当时才35岁左右，这正是一个女人的美好年华，当初繁漪带着对爱情和婚姻生活的美好

向往来到周家，可是这些年来，她始终面对着干枯、寂寞的婚姻生活，是对爱情向往，对情欲的追求，迫使她走到了一条"母亲不像母亲，情妇不像情妇"的路上去。所以说，繁漪的性格既有"恶魔性"，又有悲剧性。

（二）周冲的乌托邦式理想

周冲这个人物初看上去没有什么重要性，看似可有可无，也没有被卷入矛盾旋涡的中心，实则作品中他是一个非同小可、非常重要的人物。他是一个崇尚理想的人，他乐于帮助任何人，希望看到美好的事物，向往纯洁与美善，相信爱与美可以拯救一切。正是由于他拥有这种纯洁的理想，他才成为整个作品中的一道光亮，带给人一丝光明与希望，与全文的晦暗氛围形成鲜明的对比，照亮了黑暗的角落。尽管他是一个软弱无能的人，到事发为止还没有任何社会作为，但正因为如此，他才保存了一份难得的纯洁、美善，如果把他放入社会的大染缸中，等他有了作为，他可能也会沾染世俗功利，也会变得跟他的父亲、哥哥一样，不再至纯至善了。所以，周冲这个人物形象，在作品中起着重要作用，是作品中不可缺少的人物形象。

（三）潜台词

潜台词是戏剧的"台词中所包含的或未能由台词完全表达出来的言外之意"[1]，也即"话外之意"。在戏剧文学中，潜台词能够使人物想法的表达更加充分和丰富，潜台词是人物在行动过程中内心的真实表现，它是开启人物内心的钥匙，是人物形象的灵魂所在。找到了潜台词，也就找到了人物的真正的思想感情，为我们理解、分析人物的思想、性格、内心精神世界提供有力的依据。潜台词的一个最为显著的特点就是"言有尽而意无穷"。如第二幕中写侍萍被赶出周家这一片段，周朴园说："梅家的一个年轻小姐，很贤惠，也很规矩。有一天夜里，忽然投水死了……"而鲁侍萍却说："她是个下等人，很不守本分的。听说她那时跟周公馆的少爷有点不清白，生了两个儿子。生了第二个，才过三天，忽然周少爷不要她了……"两人都用了"忽然"一词，这"忽然"的背后省略了事实的真相，但两个当事人则是十分清楚的。周朴园用一个"忽然"推卸当年抛弃侍萍的责任，而侍萍则是在揭露出事实的真相：并非她无缘无故投河自尽，而是周家为了迎娶门当户对的富家小姐而丧尽天良地赶她出门，全然不顾她刚生完孩子才三天，这是何其狠毒。这里，鲁侍萍用周朴园话中的用词来揭露周朴园的虚伪，从而揭发了周朴园狠毒与自私的本性，使故事充满了嘲讽意味，也使戏剧语言产生一种象外之象，境外之境，可谓言有尽而意无穷，使人物形象非常丰满突出。

---

[1] 中国社会科学语言研究所词典编辑室：《现代汉语词典（修订本）》，北京：商务印书馆，1978年，第1013页。

拓展阅读

1. 曹禺《雷雨·日出》，天津人民出版社 2008 年版

《日出》是曹禺创作的四幕话剧，与《雷雨》一起成为中国话剧走向艺术成熟的标志之作（图 3-10）。作者以 20 世纪 30 年代尚处于半殖民地半封建社会的中国作为故事的背景，以陈白露的生活以及心理变化为主线，将潘月亭、顾八奶奶以及张乔治等人穿插其中，讲述了陈白露在潘月亭的供养下整日寻欢享乐，挥霍荒淫，在充满欲望与刺激的环境熏染下，她抛弃理想，成为金钱与物质的傀儡，并沉醉其中，迷失自我的故事。作者通过描述女主人公陈白露的生活状态以及心态变化，暗讽当时社会中普遍存在的奢侈糜烂现象导致人性扭曲以及对一代年轻人的毁灭性影响。作者结合社会现实，塑造出女主人公陈白露这一代表性人物，她拥有出众的容貌、青春的资本，由原本的高傲不俗发展到自甘堕落的地步，仅存的正义感也被社会的现实所击破时，一连串的生活打击，使她毫无希望，最终自杀的结局。作者用这样一个社会现实引发的悲剧，向我们揭示了当时社会中"大鱼吃小鱼，小鱼吃虾米"的现象，控诉当时社会"损不足以奉有余"的本质特征，以此引发读者兴趣，成为本书看点。

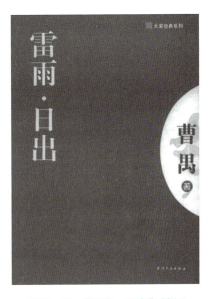

图 3-10 《雷雨·日出》封面

2. 曹禺《原野》，人民文学出版社 1994 年版

《原野》（图 3-11）看似讲的是一个简单讲述冤冤相报的复仇悲剧故事，但其背后真正向人们揭开的却是一出宏大的命运悲剧。作者以丰富的人物情感和鲜明的人物性格向读者展示了人的复杂性与多面性，揭露了现代农村所存在的问题与封建社会的黑暗面，同时引发读者的思考。

图 3-11 《原野》封面

这是曹禺先生唯一的一部描写农村题材的作品，也是一部倾情力作。在创作风格上与其之前的作品《雷雨》《日出》等有很大的出入，以象征手法见长。在创作方式上，将西方表现主义的创作方式与本民族的审美标准相融合，开辟了新的戏剧文本的叙述方式，成为中国现代文学史上的一部经典名著。文章通过讲述仇虎、金子、大星、焦母等人之间的爱恨纠葛，使读者产生共鸣的同时，也带来相应的思考。文章的最终目的是揭示封建社会的残暴和农村社会所存在的问题，展现"吃人社会"的残酷。

《原野》充分展现了曹禺的创作才华，精巧的构思和故事情节使读者回味无穷。

品鉴与思考

1. 通过《雷雨》的剧情，你如何看待周朴园这一人物身上的复杂性？

2. 鲁侍萍在《雷雨》中展现的是一个虽然受到侮辱和压迫，却又始终保持着自己的尊严、正直和善良的中国劳动妇女形象。你从哪些情节上可以看到她身上的这些特质？

3. 学生分组表演戏剧《雷雨》的第二幕、第四幕。

《祥林嫂》：封建社会底层妇女的彷徨命运

《祥林嫂》

一、作者简介

（一）小说作者

鲁迅（1881—1936年），出生于浙江绍兴，原名周樟寿，后改名周树人，字豫山，后改字豫才。从1918年5月发表第一篇白话小说《狂人日记》时，他开始以"鲁迅"为笔名，除鲁迅，他还有邓江、唐俟、邓当世、晓角等笔名。鲁迅是我国著名的文学家、思想家、革命家、教育家、民主战士，新文化运动的重要参与者，中国现代文学的奠基人之一。作品主要以小说、杂文为主，代表作有小说集《呐喊》《彷徨》《故事新编》等，散文集《朝花夕拾》，散文诗集《野草》，杂文集《热风》《华盖集》《南腔北调集》《三闲集》《二心集》《而已集》《且介亭杂文》等。

（二）戏剧剧团

1944年9月，雪声剧团在上海九星大戏院创立，主要成员由袁雪芬以及与其合作改革传统越剧的艺术工作者组成。剧团的宣言是："戏剧是社会和人生的反映，换言之，戏剧是社会的镜子。"[①] 在1944年至1947年间演出《新梁祝哀史》《绝代艳后》《忠魂鹃血》《洛神》等，社会反响最强烈的是1946年演出的《祥林嫂》，成为首部将鲁迅名著改编为戏曲艺术的越剧，引起了广泛的社会关注。1948年，在雪声剧团的创作基础上制作拍摄的影片《祥林嫂》在上海4家影院上映，收获了热烈反响。1950年4月，由于剧团内的大部分人员陆续加入了国营华东越剧实验剧团，雪声剧团宣告结束。

---

① 中国艺术研究院戏曲研究所《戏曲研究》编辑部：《戏曲研究·第114辑》，北京：文化艺术出版社，2020年，第240页。

二、作品简介

图 3-12 《祝福》封面

《祝福》（图 3-12）是鲁迅在 1924 年创作的短篇小说，发表于上海《东方杂志》半月刊第二十一卷第 6 号，后收入鲁迅的小说集《彷徨》。全篇以"我"的第一人称视角出发，叙述了一个寄住在本家四叔（鲁四老爷）家里的知识分子，寄住期间，见证了发生在四叔家的女工祥林嫂身上的悲剧。

越剧《祥林嫂》根据鲁迅小说《祝福》的故事改编，该剧在 1946 年由雪声剧团首次演出，成为越剧四大经典剧目之一，被誉为 20 世纪 40 年代越剧改革的里程碑。1956 年，为了纪念鲁迅逝世 20 周年，上海越剧院一团将《祥林嫂》再次于大众剧场上演。"越剧大师"袁雪芬成功地塑造了祥林嫂这一典型艺术形象，她利用精湛的演技和强大的舞台艺术感染力，将祥林嫂这一人物表演得活灵活现，将旧社会的悲剧展现得淋漓尽致。全剧充分体现了鲁迅原著所表达的精神，具有鲜明的时代风貌和浓郁的乡土气息。如今，这部剧依然是上海越剧院的"看家戏"。

《祥林嫂》越剧版的剧情与原著基本相同，讲述了主人公祥林嫂在其年轻时失去丈夫，婆婆在负债还钱的压力下逼她改嫁，打算将祥林嫂卖给山里的猎户贺老六为妻，以此换取银钱。祥林嫂不愿再婚，听闻此事后连夜逃跑，后来到鲁四老爷家打工做帮佣，数月后被卫老二发现，把她抢回山中与贺老六成亲。祥林嫂宁死不从，曾要撞桌角自尽，被贺老六救下，也由此事后祥林嫂发现贺老六忠厚善良，遂开始与其好好过日子，二人勤俭持家，婚后第二年生下孩子阿毛。可好景不长，贺老六为了偿还买祥林嫂为妻欠下的高利贷，上山打猎时得了伤寒病，因无钱医治死去。命运似乎并不厚待穷苦可怜的祥林嫂，贺老六死后不久，儿子阿毛在外玩耍时被狼叼走，万念俱灰的祥林嫂为维持生计只得重返鲁家帮工。但因她两次丧偶，还失去了自己的孩子，被主人家认为是不祥之身，百般厌弃。祥林嫂深感自卑，害怕自己因为"晦气"死后会受罪，于是将自己积蓄两年的工钱拿到土地庙捐了门槛，以期"赎罪"。之后却仍被鲁家赶出门，沦为乞丐。在一个除夕之夜，祥林嫂悲剧的一生在风雪之中结束。

三、文本解读

《祝福》的题目"祝福"，本意指祈神赐福，现泛指祝人顺遂幸福，这些与故事主人公祥林嫂似乎完全无关，实则其大有深意。小说写的是作为一个知识分子的"我"，离开故乡多年，在年底回到故乡后寄住在本家四叔家里准备过"祝福"时，见证四叔家先前一个女仆祥林嫂猝死的悲剧，描述的是祥林嫂悲惨的一生，表现了作者对受压迫妇女的同情以及对封建思想、封建礼教的无情揭露，同时，也阐述了当时的知识分子的自私自利以及他们对世态炎凉的社会现状的无动于衷和不知所措。

（一）祥林嫂

祥林嫂是本故事的悲剧性主人公，她的本性是朴实善良的，又勤奋能干，但在封建礼教思想占据统治地位的旧社会中，大家似乎并没有因为祥林嫂身上的美好品质而善待她。相反，他们认为祥林嫂是个晦气的"丧门星"，她的两次丧偶都是因为她有"克夫之相"，因此把被拐卖、丧夫丧子的罪过强行推给祥林嫂。她也曾尝试过挣扎与反抗，但她并非为了争取自己的自由和幸福，而是为了获得身边人的认可与祝福。可悲的是，祥林嫂的思想深处终归没有觉醒，她的局限性和悲剧性导致自己成为封建糟粕思想的"牺牲品"。以祥林嫂为典型代表的社会底层劳动妇女所遭受的摧残迫害深刻地揭示了旧社会封建礼教"吃人"的本质。

（二）鲁四老爷

鲁四老爷是鲁迅刻画的一个具有封建思想的典型人物，他是主人公的四叔，也是鲁家的一家之主，代表着大家族的掌权人和封建制度的守护者，也是地主阶级知识分子形象的代表。他虽有知识文化，却不近人情，自私冷酷。他尊崇理学和孔孟之道，因此坚定地认为应维护封建礼教制度。他虽没有对祥林嫂进行过肢体上的虐待打骂，但却对其进行过精神迫害，最后也任由祥林嫂冻死于大年夜。

（三）鲁四婶

鲁四婶是鲁迅塑造的一个封建社会地主阶级中的女性代表，与穷苦可怜的祥林嫂形成了鲜明对比。她肯收留祥林嫂不是因为其勤劳朴实，而是因为她能干活。可祥林嫂被绑架后，她却害怕给自己惹麻烦而装聋作哑，之后又惺惺作态表示担忧，实则是因为她家里再没找到更好的仆人。后来，祥林嫂再返回鲁家打工时，因为丧夫丧子变得深思呆滞，鲁四婶又开始对其产生不满，极尽厌弃，最后还把她赶出了家门，直接导致祥林嫂惨死雪中。

鲁四婶与祥林嫂同为女性，却毫无怜悯之心，在她身上体现了地主阶级的伪善、自私、冷漠及残酷。

（四）祥林嫂的婆婆

祥林嫂的婆婆是致使祥林嫂悲剧命运的导火索，也是封建社会中自私自利的典型人物形象。她自始至终都没有把祥林嫂当成自己的儿媳、家人，而是把她当成可以换钱工具，丝毫不顾及祥林嫂的生命、安全和尊严，把她卖到了农村换取银钱，几乎丧失了亲情和人性。但她也十分精明自私，来到鲁家抓回祥林嫂时完全没有村妇身上的泼辣蛮横，而是从容不迫地面对鲁家的质问，应付自如，表现得颇有城府。这种矛盾正体现了旧社会黑暗的环境。

（五）柳妈

柳妈与祥林嫂的婆婆不同，她和祥林嫂一样都是旧社会的受害者。在鲁迅的笔下她虽没有像祥林嫂那么凄惨，但也有自己的不幸与悲哀。柳妈年岁已高，即便已经老态龙钟也还要为了散碎银两去鲁家打工。她的封建迷信思想根深蒂固，虽然其初衷并无恶意，只是想帮祥林嫂"赎罪"，但其愚昧和无知反而将祥林嫂推入绝境，是间接导致祥林嫂失去希望而死的原因之一，好心办坏事，体现了被封建思想毒害的底层民众身上的局限性。

（六）"我"

《祝福》中的"我"是小说的叙事视角，祥林嫂的故事通过"我"的观察和叙述得以展现。不过，"我"并不是鲁迅本人，而是鲁迅虚构的一个代表了进步思想的知识分子形象。而且"我"是故事中唯一同情祥林嫂悲剧命运的人，却因自身势单力薄无力拯救祥林嫂。这一人物形象集中体现了一小部分清醒进步的近代知识分子富有同情心却无可奈何的复杂心情和无力感。

《祝福》是鲁迅控诉封建社会的黑暗污浊及同情被压迫的平民百姓的代表作之一，借助"祥林嫂"这一角色集中展现了妇女群体遭受的不公与迫害，从而斥责当时社会中人们的自私冷漠，期望唤醒被封建思想束缚麻木的旧社会。越剧版的《祥林嫂》将故事情节在舞台上通过人物演绎、声音效果、场景搭建等真实还原，更为强烈地突出了戏剧性效果，使"祥林嫂"这一人物形象深入人心，成为经典之作。

拓展阅读

1. 鲁迅《〈狂人日记〉赵延年木刻插图本》，人民文学出版社 2002 年版

1918 年鲁迅的白话小说《狂人日记》（图 3-13）在《新青年》上发表，标志着中国现代小说的诞生。书中运用崭新的艺术语言展现了中国现代文学的新风貌。

全书共由十三则日记组成，首则展现出主人公"我"的"怕"是"怕得有理"的，表达了"我"多重、复杂的心情。末则发出"救救孩子"的呐喊，呼应了前文中的复杂心情，是对当时社会乱象忧虑的集中展现。突出表现了"我"求生而不得的焦虑、恐惧、怀疑、自信等多种情绪，形成了一种复杂而反常的情绪流动，构成了"日记"的全部内容。

图 3-13 《狂人日记》封面

2. 夏衍《包身工》，工人出版社 1959 年版

《包身工》（图 3-14）是中国近现代作家夏衍于 1935 年创作的一篇字数为一万字左右的报告文学，反映了 20 世纪 30 年代上海纺织厂里一群女性包身工的情况。文章以女工"芦柴棒"的打工经历为叙事主线，揭露了包身工的苦难生活，深切控诉了封建社会地主阶级迫害压榨底层劳动妇女的丑恶罪行。作者按照时间顺序，选取包身工们每天生活中的三个主要场景，从住、吃、劳动条件等方面叙述了包身工的苦难生活。

图 3-14 《包身工》封面

▶▶名家点评

　　鲁迅的骨头是最硬的，他没有丝毫的奴颜和媚骨。这是殖民地半殖民地人民最宝贵的性格。鲁迅是在文化战线上的民族英雄。

　　鲁迅是中国文化革命的主将，他不但是伟大的文学家，而且是伟大的思想家和伟大的革命家。

——毛泽东

　　鲁迅是革命的思想家，是划时代的文艺作家，是实事求是的历史学家，是以身作则的教育家，是渴望人类解放的国际主义者。

——郭沫若

　　二十世纪东亚文化地图上占最大领土的作家。

——金良守

品鉴与思考

　　1.命运多舛充满悲剧的祥林嫂身上也有淳朴、善良、热情、勤劳的美好品质，对此你如何看待祥林嫂这一人物形象身上的复杂性？

　　2.《祝福》这一短篇小说是鲁迅在1924年开始创作的，反映了当时中国社会的矛盾，深刻地揭露了地主阶级对劳动妇女的摧残与迫害，揭示了封建礼教吃人的本质，呼吁人们对底层悲苦人群的同情与反封建反压迫的必要性。对此，你认为祥林嫂的悲剧给我们以何种启示？

　　3.你如何看待鲁四爷、鲁四婶、祥林嫂的婆婆以及柳妈这些人物形象？他们对祥林嫂的人生产生了什么影响？

《人世间》：中国百姓的生活史诗

《人世间》

一、作者简介

（一）《人世间》小说作者

《人世间》小说原著的作者是梁晓声，原名梁绍生。1949 年 9 月 22 日出生于黑龙江省哈尔滨市，中国当代著名作家。《人世间》在 2019 年 7 月获第二届吴承恩长篇小说奖；同年 8 月 16 日获得第十届茅盾文学奖。梁晓声创作出版过大量颇具影响力的小说、散文、随笔及影视作品，是中国现当代以知青文学成名的代表作家之一。

（二）《人世间》话剧导演

杨佳音，中国内地男演员，北京人民艺术剧院演员，毕业于北京电影学院表演系 2002 级本科班，毕业后进入北京人民艺术剧院，成为该团的专业话剧演员。他的主要作品有话剧《茶馆》《晚餐》，电视剧《上阵父子兵》等。2021 年 5 月 28 日，杨佳音导演的话剧《人世间》在北京天桥艺术中心开启首轮演出，并于 10 月 28 至 31 日在江苏大剧院演出。

二、作品简介

《人世间》（图 3-15）是中国当代作家梁晓声于 2017 年创作出版的长篇小说，分为上中下三卷，以平民百姓周秉昆的生活经历为线索，展示 20 世纪 70 年代以来中国社会的发展变迁。由该作品改编的话剧《人世间》于

图 3-15 《人世间》封面

2021 年 5 月首演，改编的影视剧《人世间》2022 年 1 月在中央电视台播出。《人世间》话剧版（图 3-16）由北京一未文化传媒有限公司和北京中演四海文化传播有限公司联合制作，杨佳音执导。

图 3-16　话剧《人世间》上海美琪大戏院演出剧照

该剧改编自梁晓声的同名小说《人世间》，以男主人公周秉昆的生活经历为主要叙事线索的同时，将"光字片"居民几十年跨度的生活展现于舞台之上。话剧版的《人世间》共分五幕，以 1970 年、1976 年、1988 年、2003 年、2016 年五个不同年份串联起了中国社会几十年间的巨变，演出时长 3 个小时。原著作者梁晓声曾说："我们要通过《人世间》，向中国现实致敬，向 40 多年以来为中国改革开放添砖加瓦的各类人物致敬，尤其是向那些坚韧、普通而又坚持做好人的人致敬。"[①]

三、文本解读

《人世间》虽然体量很大，但以话剧的形式展现，比文字更具形象性及感染力。激烈的戏剧冲突、纵横交错的复式结构引人入胜且发人深思。故事从 20 世纪 70 年代延续到 2016 年，涵盖了中国社会近 50 年来发生的诸多重大社会变动与发展历程。同时也深刻展现了人物身上的戏剧冲突性，突出了人物性格与人物形象的立体性，通过善与恶的矛盾冲突，更加彰显了人的亲情、爱情、友情等主题，让家国情怀深深地感染了观众的内心。

[①] 张素芹：《近半世纪光阴浓缩于舞台，话剧〈人世间〉演绎百姓生活史诗》，《广州日报》2021 年 9 月 11 日。

（一）"去中心化"的人物群像刻画

话剧《人世间》的故事以北方省会城市周家平民子弟的生活为起点展开，讲述了围绕周秉昆在家乡光字片的上山下乡生活。但无论是小说还是话剧，《人世间》都不是一部个人主角光环下的人物自传式作品。这种有"中心"但又能"去中心"的结构叙事手法，让故事的"中心"周秉昆个性鲜明又不会偏向个人主义，其他同时期的人物形象也熠熠生辉，个个有血有肉又不喧宾夺主，在为数不多的戏份和镜头下诉说着自己的故事。严父周志刚人如其名，刚正不阿，热血奉献，一直奋斗在祖国建设的最前线；母亲李素华数十年如一日地守着自己的小家为儿女积福；哥哥周秉义和姐姐周蓉作为知青，也为爱情进行着源自初心的选择；活泼大方的发小乔春燕也在阴差阳错中收获了自己的幸福……在长达50年的时光里，周家人经过岁月的洗礼，既承载了中国社会发展的光荣与梦想，也流露了改革开放进程的艰难和复杂。展现给观众的是周家人始终以饱满的热情和善良作为中国最普通的百姓而努力奋斗、笑迎生活的场景。

话剧版的《人世间》通过舞台艺术，将诸多有血有肉的中国人物群像活灵活现地展现出来。原著中虽以周秉昆为叙事聚焦点人物展开，但并非只强调周秉昆的个人生活，他看起来憨厚质朴，甚至有点"傻傻的"，实则大智若愚，坚守原则，数十年如一日地保持着乐观善良的人生信条……《人世间》最突出的特点就在于将20世纪70年代的百姓生活刻画得十分真实到位，每个人看似都不是主角，但其实又都是主角。无论是原著小说作品还是话剧作品都将现实主义风格和理想主义价值体现得淋漓尽致。

（二）中国当代戏剧现实主义的精髓表现

梁晓声的原著小说近115万字，时间跨度达半个世纪。而话剧版《人世间》却能将其凝聚于3个小时之内，且活灵活现地呈现于舞台之上，势必予以艺术手法进行了提炼加工。据编剧苑彬介绍，"话剧《人世间》在保持现实主义底色的基础上增添一些戏剧色彩，周家成员彼此谅解成为剧中人物最直接的心理诉求。"[①]那么根据《人世间》丰富的历史底蕴可知，想要诉说这部百姓的史诗生活，运用现实主义手法作为叙事方式相对最为贴切。保留对于主线人物有帮助的这些情节，不必全然赘述的部分就将其以虚实结合的方式象征性表达出来。剧作很多演员都是年轻人，却要将自己的祖辈父辈形象及其所经历的不同时代背景、性格特点以及人物心境展示演绎，这是一种文字内容无法诠释的立体感。

---

① 蒋肖斌：《梁晓声小说〈人世间〉改编话剧，3小时如何呈现百万文字》，《中国新青年报》2021年4月14日。

话剧版的《人世间》与小说和电视剧版的最大的不同之处就是话剧舞台通过声、光、电等高级技术的支持,使观众产生身临其境、触手可及的影视观感。现场采用多条冲突线的场景编织现实、回忆、心理三个时空层次,以此穿插象征剧中人物的精神世界。舞台美术将艺术语言与科技手段相结合,力图用舞台艺术特有的时空表达方式,并综合灯光、视频、音乐、音响等诸多艺术因素,将近半个世纪的光阴呈现在舞台上,给观众带来丰富生动的视觉体验。

如原著作者梁晓声称赞一般,话剧版《人世间》无论是新生代演员精湛的演技,还是高度还原的时代背景、人物服饰、生活物品、音乐效果等都相当出彩,将当代现实主义戏剧的时代性与前卫性展现于舞台之上,让我们看到了一幅中国百姓几十年来的生活史诗,深切地感受到中国百姓的人间烟火气和民族精神气。《人世间》话剧导演杨佳音曾说:"创作者的态度决定了作品的温度。人,立于世,如何为人?如何为事?面对生活的磨难,依然有向上、向善、向美的灵魂,这样的人生才有意义。"①

拓展阅读

图 3-17 《母亲》封面

1. 梁晓声《母亲》,贵州人民出版社 2022 年版

《母亲》(图 3-17)是著名作家梁晓声的小说精选集。作者在小说中叙说了母亲在极其艰难的生活条件下勤劳节俭,保持善良、纯正的品格,表现了慈母对子女的深情,以及孩子对母亲的敬爱之情。同时,作者以母亲为缩影,描述了中国社会的起伏变迁,多层次描写了社会底层人物的命运。作品体现了中国人对家庭的看重,也体现了父母为子女无条件付出的精神,具备极其强烈的人文关怀。

---

① 张素芹:《近半世纪光阴浓缩于舞台,话剧〈人世间〉演绎百姓生活史诗》,《广州日报》2021 年 9 月 11 日。

2. 夏衍《上海屋檐下》，中国戏剧出版社 1981 年版

《上海屋檐下》（图 3-18）是中国近代戏剧作家夏衍创作的三幕悲喜剧。剧本描写了入狱 8 年的匡复，在被释放后却得知妻子已与自己的好友林志成同居。原来他们早以为匡复死了，这一阴差阳错的误会导致 3 人都很矛盾痛苦。妻子杨彩玉想和匡复复合，又难以与共患难了 8 年的志成分手。最终，匡复选择了理解和原谅，战胜了自己内心的软弱与悲痛，毅然决然地离开了伤心之地。全剧除了匡复等人之外，还描写了失业的大学生、艰苦养家的小学教员、儿子战死的卖报老者、迫于生活卖身的女人等人物形象，这些人都拥挤在上海石库门弄堂的一个"屋檐下"，聚集着"小人物"生活的喜怒哀乐。

图 3-18 《上海屋檐下》封面

品鉴与思考

1.《人世间》体现了作者对普通百姓生活的真切关怀，具有浓厚的新时代现实主义风格，体现了普通人身上的善良、正直、担当、诚信，那么你在欣赏后对生活有何启示与思考呢？

2. 学生分组表演话剧《人世间》的第四幕、第五幕。

《哈姆雷特》：复仇命运的悲剧

《哈姆雷特》

一、作者简介

威廉·莎士比亚（1564—1616 年），他出生于英国沃里克郡斯特拉福镇，是英国文艺复兴时期杰出的戏剧家和诗人。他的一生作品颇多，共有 37 部戏剧、2 首长诗和 154 首十四行诗，对后世产生了深远的影响。少年时代莎士比亚因父亲破产而离开家乡到伦敦独自谋生，曾做过多种职业，使他增长了许多社会阅历，曾在斯特拉福文法学校掌握写作技巧和丰富知识。22 岁时他在伦敦的剧院工作，照料看戏人的马匹并演一些小配角。后来依靠自己的聪明才智，逐渐由剧院的杂役升至演员和股东，再从改编剧本到从事独立创作。尽管他改编或编写的剧本受到主流才子们的嘲讽打击，却赢得了普通百姓的喜爱。后来莎士比亚走进了贵族的文化沙龙，开始对上流社会进行直观观察并有所了解，视野更为广阔，为其日后创作提供了更丰富的源泉。

《哈姆雷特》是莎士比亚最负盛名的剧本，同《麦克白》《李尔王》《奥赛罗》一起被称为莎士比亚"四大悲剧"。在《哈姆雷特》中，复仇的情节中交织着爱恨情仇。同时，哈姆雷特也是该剧主人公丹麦王子的名字。

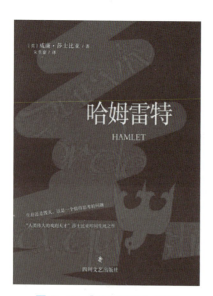

图 3-19 《哈姆雷特》封面

二、作品简介

《哈姆雷特》（图 3-19）处于莎士比亚戏曲艺术殿堂的顶端，是他的中心作品之一。《哈姆雷特》不仅是文艺复兴文化集结而成的艺术瑰宝，还是英国社会转型时期种种矛盾冲突的一面镜子；它不仅是集莎士比亚全部艺术天才的戏曲经典，还是时代精神不朽的乐章。它是一部以古老的丹麦王子复仇故事为框架的悲剧故事，在这部悲剧故事中，既包含了谋杀君王、篡夺王位、谋害王子的政治悲剧成分，也包括先进人物同黑暗与罪恶进行斗争的社会悲剧成分；既包括盲目卷入政治冲突而导致毁灭的家庭悲剧成分，也包括美好爱情被摧残、被利用的爱情悲剧成分等（图3-20）。

图 3-20　电影《哈姆雷特》剧照

《哈姆雷特》的戏曲冲突主要围绕哈姆雷特展开。在德国威登堡大学接受人文主义教育的丹麦王子哈姆雷特，在留学期间，接到父王暴死的噩耗，回国奔丧时，却看到叔叔克劳狄斯篡夺了父皇的王位并骗娶了母亲。一天，在露台上，父王的灵魂前来与哈姆雷特相见，告诉哈姆雷特自己是被克劳狄斯毒死的，嘱咐哈姆雷特一定要为自己报仇。哈姆雷特听后极为消沉忧郁，愤怒的他整理好思绪，为弄清真相，决定装疯。新王克劳狄斯看到王子归来后，运用各种手段，包括派遣大小朝臣，甚至利用王子的情人奥菲利娅前往试探等，但都被哈姆雷特识破。哈姆雷特为了证实父王灵魂的话，安排"戏中戏"对新王进行试探，最后证实了新王弑兄的罪行。王后受新王指使召儿谈话时，王子将躲在帷幕后偷听的御前大臣波洛涅斯，也就是情人奥菲利娅的父亲当成新王当场刺死，因此也注定了王子的悲剧性爱情结局。新王便借机打发王子出使英国，同时又暗中写信给英王让其杀死王子。王子在途中洞察克劳狄斯的奸计，偷偷修改密信，并半途折回丹麦。新王见此，便又怂恿波洛涅斯之子雷欧提斯与王子决斗，暗中备下毒剑、毒酒，欲置王子于死地。比剑时，雷欧提斯先用毒剑刺伤王子，王子奋力夺剑重创雷欧提斯。王后误饮毒酒，当场身亡；雷欧提斯弥留之际揭发新王是这场阴谋的罪魁祸首。王子在愤怒中挥剑砍倒新王，与他同归于尽。王子临死前，嘱托好友霍拉旭把一切真相昭示后人。

三、文本解读

（一）一千个人眼中的一千个"哈姆雷特"

"一千个读者眼里有一千个哈姆雷特"，用在文学欣赏中是指不同的读者对同一个作品中的人物或情节等有不同的评价。每一位读者的价值取向不同，观察问题的角度也有所不同，因此会从作品中得出不同的感悟。的确，哈姆雷特靠他特有的智谋最终为父皇报仇，其中曲折的心理斗争与其为父报仇的疯狂行为等都成为观众议论的对象，众说纷纭。在父亲下葬的短短一个月，母亲就匆匆改嫁给了叔父克劳狄斯。这样的打击让哈姆雷特几近崩溃。然而随后他又在露台遇到自己父亲的鬼魂，得知真相的哈姆雷特愤怒不已，"赶快告诉我，让我驾着像思想和爱情一样迅速的翅膀，飞去把仇人杀死"。面对残酷的现实，他认为"倒霉的我却要负起重整乾坤的责任"。在此，哈姆雷特所担下的这个责任已不仅仅局限于一个家庭或者皇室，而是这一系列事实所代表的整个社会。

柯尔律治在《关于莎士比亚的演讲》中说："人之所以与蛮横的禽兽有所区别，就是在于思想胜过感觉的程度如何，但在心灵健康的过程中，在因外在事物所引起的印象和智慧的内在作用之间，经常保持着一种平衡……在哈姆雷特身上，这种平衡被扰乱了。哈姆雷特是勇敢的，也是不怕死的；但是，他由于敏感而犹豫不定，由于思索而拖延，精力全花费在作决定上，反而失去了行动的力量。因此，正是这个悲剧与《麦克白》形成了直接的对照，一个以极端的缓慢进行着，另一个则以一种忙碌的、喘不过气来的速度进行着。"[1]

黑格尔主义代表布拉德雷在《莎士比亚的悲剧》中说："一出莎士比亚的悲剧可以叫作一个把身居高位的人引向死亡的异乎寻常的灾难故事。"[2] 而造成这种灾难的根本原因，

---

[1] 莎士比亚：《哈姆雷特 莎士比亚戏剧集》，杭州：浙江文艺出版社，1991年，第462页。

[2] 李伟民、杨林贵：《中国莎士比亚悲剧研究（莎士比亚研究丛书）》，北京：商务印书馆，2019年，第44页。

则是悲剧英雄性格上的缺点所造成的行为上的过失。他提出，哈姆雷特的过度忧郁阻碍了他的行动："这忧郁是一种疾病，而不是一种情绪，由此造成的病态，是哈姆雷特本人也没有完全理解的。"① 布拉德雷为我们留下了一个"精神分裂的哈姆雷特"。

歌德说："据我看，莎士比亚的原意是想要在这戏里表现一桩大事放在不适于施行的人身上所发生的效果。据我看全戏便是在这个观点下创作的。一棵大树栽在一个值钱的瓶子里，而这瓶子只合插进几枝鲜花：树根膨胀，瓶就破了。"歌德把哈姆雷特比作值钱的花瓶，只是一位公子，不是一位英雄，报仇的事他不配干，所以迁延不决。

诸如此类的分析中，许多批评学派均用自己的理论对哈姆雷特的人物形象进行了阐述论证。因此"一千个观众眼中有一千个哈姆雷特"便成了家喻户晓的谚语。

莎翁的魅力之所以能够历久弥新，确实在于他的作品不断为后人提供开展和印证自身想象的空间。《哈姆雷特》是一部悲剧，但不可否认的是，哈姆雷特本身是戏剧中的悲剧英雄，他所表现的一切性格和行动使得他在孤独中焕发出独特的魅力，高尚而具有吸引力，善良而不对邪恶望而却步，深刻反映了人生价值。虽然没有实现改变残酷现实的宏伟理想，但他的英雄形象已经深深留在观众心中。

(二)《哈姆雷特》的艺术内涵

首先，《哈姆雷特》具有独特的人文主义思想，是文艺复兴时期的文化结晶，是人类的艺术瑰宝，是英国社会转型时期种种社会矛盾冲突的镜子，是人类的伟大精神成果② 。其中心思想是对人的肯定与赞美和对世界万物的歌颂。同样，《哈姆雷特》还从另一方面反映了人性的卑劣、脆弱和渺小，从欲望的角度描写了人们为了支配种种情欲而做出罪恶的行为。《哈姆雷特》是完整的、多维度的、人文主义思想的丰碑。

其次，《哈姆雷特》中的"To be, or no to be, that is the question（生存还是死亡，这是一个问题）"是对生存与死亡的考虑，也囊括了对生活中各种问题、决定、判断的疑问："是与不是""对与不对""做与不做"……是对自身行为思考的一个高度概括，也是《哈姆雷特》注重怀疑的理性精神的公式。哈姆雷特复仇的过程中坚持了这个精神，为各种事物画上问号，他起初对父亲鬼魂的出现持一种怀疑的态度：这是真的亡灵还是魔鬼的化身？王子并没有马上相信鬼魂的话，而是设计了"戏中戏"对克劳狄斯进行试探，结果证实了鬼魂的话是真实的。在复杂的斗争中，哈姆雷特对生存还是死亡、顺从还是抗争等问题进

① 李伟民、杨林贵：《中国莎士比亚悲剧研究（莎士比亚研究丛书）》，北京：商务印书馆，2019 年，第127 页。
② 孟庆枢，李毓榛：《外国文学名著鉴赏（上）》，长春：吉林文史出版社，2001 年，第 5 页。

行了细致思考，将个人的复仇转化并升华成为一场正义与邪恶的对抗，进而也将哈姆雷特本身升华为一个时代的英雄。

再次，《哈姆雷特》的主旋律始终是具有社会责任意识的斗争精神。哈姆雷特将为父报仇与重整乾坤的社会责任相结合，"这是一个颠倒混乱的时代，倒霉的我却要承担起重整乾坤的责任"；对克劳狄斯的种种恶行深恶痛绝，并与之做着不懈的斗争。这种精神是人类文明进步的重要表现之一，也是社会发展的重要的催化剂。在人类的发展历史中，任何时候、任何人都需要这种精神，以消除战乱、罪恶和腐败，解除歧视、压迫与凌辱。这种精神可以净化社会环境，提高人们的思想觉悟以及人文素养，将人类文明推向一个新的高度。莎士比亚将哈姆雷特设计成单枪匹马战斗的英雄，显示了对其斗争精神的敬意。

最后，哈姆雷特的自省精神是整个话剧中思想内涵的体现。"反省自我、认识自我"是古老的命题元素。哈姆雷特通过对自我的认识与反省分析了自己，看清了自己，明晰了自己的力量，也同样看清了自己的弱点和不足。作品中也正是由于哈姆雷特多次自省并重新认识自己才更坚定了他自己的信心，克服了疑虑，纠正了错误，逐渐走向完美，提倡了人的自省精神在人类发展道路上所具有的重要意义。

拓展阅读

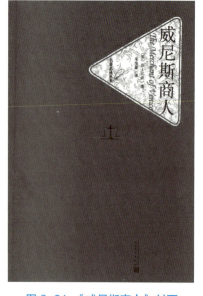

图 3-21 《威尼斯商人》封面

1. 莎士比亚《威尼斯商人》，人民文学出版社2016 年版

《威尼斯商人》（图 3-21）是莎士比亚早期的另一部重要作品，创作于 1596 年，历时一年完成，是一部极具讽刺意味的喜剧故事，在文学史上也产生了重要影响。全文围绕威尼斯商人安东尼奥与犹太高利贷者夏洛克之间的纠葛展开情节，描述了他们之间由借债与还债所产生的一系列矛盾与冲突。故事中的两位主人公分别代表着当时社会所存在的新旧两股势力，善恶较量的背后折射出的是关于宗教及种族的社会矛盾。在作者的笔下我们看到了安东尼奥的重情重义，作者也向我们展现出对那个时期解放个性与婚姻自由的赞颂，与夏洛克唯利是图、冷酷无情的典型人物形象以

及"一磅肉还债"的荒唐可笑形成鲜明对比。这种荒诞离奇的剧情是当时社会局势所孕育的结果，除了增加了文章的可读性，也增强了故事的生动性。

2. 菲茨杰拉德《了不起的盖茨比》，上海译文出版社 2011 年版

《了不起的盖茨比》（图 3-22）讲述了一个与人生命运有关的故事。在美国纽约顶层社交圈中，有一位神秘富豪盖茨比，经常在家举办奢华派对，但他一开始其实是一个处于社会底层的穷小子，与富家女黛西的热恋让他体会到了爱情的美好，但当他发誓要为心爱之人不择手段混成上流人士时，他逐渐陷入了自我迷失之中。后来他成功归来时，他的女神却已离他而去，造化弄人，但为爱痴狂的盖茨比不甘心，做了一系列的惊人举动，虽然如愿与爱人重燃爱火，但等待他的却是自我的毁灭和现实的残酷。反观当时的社会，对于盖茨比以及相关人物的描写，实则也是反映了当时美国社会中，人们在安逸太平的环境中享乐的同时精神上却充满了空虚、矛盾的状况。

图 3-22 《了不起的盖茨比》封面

《了不起的盖茨比》之所以可以成为美国文学史上的不朽之作，除了其独特而巧妙的叙事技巧外，象征主义的写作手法也是文章的一大特色，这不论在人物性格的塑造上还是作者的情感表达上都有着十分重要的作用，使我们在了解人物性格之余，也被小说的主题思想以及艺术表现所震撼，为我们对这本著作的理解与分析留下了足够的空间和想象的可能。

品鉴与思考

1. 谈谈《哈姆雷特》体现了怎样的人文主义精神？

2. 俄国批评家别林斯基把人物哈姆雷特的精神发展分为三个阶段：从"幼稚的和谐"到"不和谐与斗争"再到"勇敢的自觉的和谐"。对此，你认为哈姆雷特身上体现了哪些对人性的思考？

3. 鲁迅曾说："悲剧将人生的有价值的东西毁灭给人看"，通过这句话谈谈你对悲剧的理解。

《玩偶之家》：女性主义意识的觉醒

《玩偶之家》

一、作者简介

亨利克·易卜生（1828—1906 年）是 19 世纪后半期挪威著名的戏剧家，16 岁时到一家小药店当学徒，工作之余自学了希腊文。在 1848 年至 1849 年期间，他创作了第一个剧本《凯替莱恩》。易卜生的作品具有强烈的个人精神反叛色彩和神秘主义倾向，他的戏剧思想抨击时弊，主张宣扬人的个性价值，塑造了众多个人主义英雄形象，反映了激进的小资产阶级民主意识。他开拓了欧洲戏剧发展的新道路，被称为"现代戏剧之父"。其代表作品有《培尔·金特》《玩偶之家》《人民公敌》《野鸭》《当我们死而复醒时》等。

二、作品简介

《玩偶之家》是易卜生创作的三幕戏剧。故事讲述了女主人公娜拉为给丈夫海尔茂治病，瞒着丈夫伪造签名向柯洛克斯泰借钱，无意犯了伪造字据罪。多年后，海尔茂升职经理，开除了柯洛克斯泰，后者拿字据要挟娜拉，海尔茂知情后勃然大怒，用极其恶劣的言语辱骂娜拉，说自己的前程全被她毁了，而当危机解除后，又立刻恢复了对妻子的甜言蜜语，当她丈夫的自私、虚伪的丑恶灵魂暴露无遗的时候，娜拉认清了自己在家庭中"玩偶"般从属于丈夫的地位，最终断然出走。《玩偶之家》是易卜生根据朋友的亲身经历创作而来，剧中女主人公娜拉的原型——劳拉·皮德生的经历与娜拉非常相似，但她却没有娜拉敢于反抗出走的勇气。她也是为了给丈夫治病偷偷借债却无法偿还，于是伪造保人签字。事情暴露后，由于遭到丈夫的严厉痛斥，劳拉得了精神疾病被关进了医院。丈夫见状并没有与其重归于好，而是就此提出离婚，一个原本幸福的家庭从此宣告完结（图 3-23）。

图 3-23　话剧《玩偶之家》剧照

三、文本解读

《玩偶之家》对于人物的性格刻画及心理描写颇为细腻，无论是主人公娜拉的活泼善良、坚毅勇敢，还是丈夫海尔茂的自私虚伪、冷漠无情，或是林丹太太的为爱牺牲、忍辱负重，柯洛克斯泰的阴险狡诈、贪婪无德，包括出场不多的对娜拉暗藏爱慕的阮克医生，都在人物的交流及神态动作中层层递进，对细节表现得十分到位。剧本以突破"男尊女卑"的思想桎梏而塑造了头脑清醒、渴望独立自由、愿为真理而奋斗的高尚的女性形象——娜拉，以求唤醒女性对峙"男性中心"，成为具有独立思想意识的真正的人。

剧中的次要人物——林丹太太，与娜拉的经历略微相近，她为了养活全家委身于自己不喜欢的富人丈夫。但上天不眷顾，林丹先生早亡。丈夫死后，她自己开商铺努力挣钱，抚养几个弟弟成人，为母亲养老送终，自己却未再嫁，一直独身一人奔波生计。易卜生笔下的这两位妇女形象有相似之处，给人留下了深刻印象，体现了易卜生对像娜拉这样的妇女悲苦命运的深切同情。

《玩偶之家》批判了资本主义制度下社会现实中丑恶的一面，同时鼓励人们勇于反抗这种黑暗压迫。剧中，虽然娜拉的爱情破灭了，但她并没有一蹶不振、自怨自艾，而是在痛彻觉悟之后毅然选择出走。娜拉单方面"抛弃"丈夫的出走，就是对这种黑暗与丑恶的反抗，易卜生正是通过娜拉这一人物形象来隐喻并主张独立反叛的精神。

恩格斯在《家庭、私有制和国家的起源》中指出："妇女解放的第一个先决条件就是一切女性重新回到公共的劳动中去。"① 可见，在一百多年前的西方就已经在社会意识层面呼吁女性追求自身的独立性。易卜生在作品中也提出了同样的问题，娜拉及其原型劳拉之所以在家中备受欺侮，究其原因还是未能真正独立。虽然他没有指出正确的解决方法，但他借娜拉的奋起反抗和离家出走大力宣扬了支持女性找寻自我意识的价值。正如恩格斯给保·恩斯特的信里说："易卜生的戏剧不管有怎样的缺点，却反映了一个即使是中小资产阶级的但比起德国的来却有天渊之别的世界；在这个世界里，人们还有自己的性格以及首创的和独立的精神，即使在外国人看来往往有些奇怪。"②

拓展阅读

1. 亨利克·易卜生《玩偶之家：易卜生戏剧选》，译林出版社 2022 年版

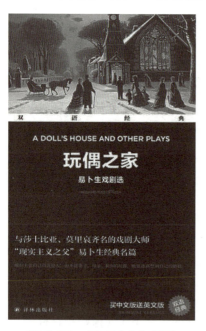

图 3-24 《玩偶之家》封面

《玩偶之家》（图 3-24）是易卜生创作的最具思想性和艺术成就的一部作品，用家庭主妇娜拉的思想意识觉醒、勇于反抗丈夫的打压并毅然出走的故事深刻地揭露了西方资本主义社会背景下的种种黑暗。以娜拉的反叛精神呼吁妇女从男性中心权力下的生活中解放自己，具有不同凡响的社会意义和思想价值。同时将林丹太太作为千万个"觉醒前"的娜拉之缩影，将二人塑造为"起点一致但结局却不同"的对比性形象，以示资产阶级婚姻中的女性地位。整部剧故事线索清晰，戏剧冲突丰富、人物形象立体生动，具有极强的戏剧效果及社会价值。书中通过描写娜拉与海尔茂之间的矛盾冲突，反映了当时背景下的法律、道德、思想方面的问题，激励妇女勇于争取平等自由的人权。

① 恩格斯：《家庭、私有制和国家的起源》，北京：人民出版社，1972 年，第 87 页。
② 黑龙江大学中文系文艺理论教研室：《马克思主义文艺论著学习参考资料（第二辑）》，哈尔滨：黑龙江大学中文系，1973 年，第 145 页。

2. 奥斯卡·王尔德《无足轻重的女人》，商务印书馆2021年版

《无足轻重的女人》（图3-25）讲述了亚布罗太太年轻时与伊琳沃勋爵相恋，怀孕后却惨遭对方抛弃，遂独自抚养儿子杰拉德长大。多年后杰拉德却阴差阳错地成了其父伊琳沃的员工，并即将被其提携成为秘书。亚贝罗太太来拜见伊琳沃勋爵表示感谢，见面时却大吃一惊。她未婚生子还被伊琳沃抛弃，如今命运却以这样的方式安排二人重逢。亚布罗太太崩溃难堪，她不知该如何面对伊琳沃，反观对方，却丝毫没有因为自己所做的不道德之事感到愧疚，还企图利用自己的权势和地位进一步伤害母子二人。一边干涉杰拉德的生活，对其洗脑，另一边又想把杰拉德的女朋友赫斯

图3-25 《无足轻重的女人》封面

特占为己有。最终得知真相的杰拉德与母亲一起将伊琳沃这个视亚布罗太太为"无足轻重的女人"的"无足轻重的男人"赶走。

品鉴与思考

1. 易卜生的《玩偶之家》与王尔德的《无足轻重的女人》讲述的都是有关女性意识醒悟的故事，那么通过对剧情的了解，试比较二者在人物形象的塑造、表现手法以及叙事风格上的不同之处。

2. 你如何理解《玩偶之家》中"奇迹中的奇迹"这句话？试分析娜拉说出这句话的时候表达了内心怎样的情感。

第四章

凝练疏淡的诗歌世界

《诗经》：诗歌之先河

《诗经》

一、作品简介

《诗经》（图 4-1）古时称《诗》或《诗三百》，是我国最早的诗歌总集，共有诗歌作品 305 首（另有 6 篇有名无辞的"笙诗"），春秋末期收集编制，汇集了西周初年到春秋时期的诗歌，西汉时被列入儒家经典，称为《诗经》，主要分为风、雅、颂三个板块。"风"主要以民间风土歌谣为主，是《诗经》中的精华部分，囊括了十五国风，诗 160 篇。"雅"多是殿堂正乐，一般为周王直接统治地区的音乐，又分为"大雅"与"小雅"。"大雅"31 篇，"小雅"74 篇，多为统治阶级贵族上层举行各种典礼或宴会时演唱的歌曲。"颂"是宗庙祭祀乐歌，又分为"商颂"5 篇，"周颂"31 篇，"鲁颂"4 篇。《诗经》多以四言为主，多重章叠句，采用赋、比、兴的手法。《诗经》原是乐歌，初始的风、雅、颂也是按照乐曲来分类的。《墨子》说："诵诗三百，弦诗三百，歌诗三百，舞诗三百。"也说明风、雅、颂虽然体制不同，配乐各异，但是都能以弦歌之，以鼓舞之。

《诗经》是中国诗歌之祖，是周人的礼乐中"乐"的重要内容。汉代以后，《诗经》被

图 4-1 《诗经》

用作政治伦理的教育用书，成为人们修身养性、参与政治活动等的重要参评标准。它"赋比兴"的艺术法则滋养了中国百代诗歌，它深厚的文化底蕴是中国传统文化财富的象征。它将华夏深厚的人文内涵贯注于中华民族的民族品格之中。

从《诗经》中可以看到中华民族初生、成长的原始图景，聆听古代人民的悲欢吟唱，其中既有男女思慕的柔美情爱，又有岁月征途的迷惘叹息，下至小吏士官对清贫的感慨，上至王公贵族对祖先的祭拜，千姿百态，如一幅幅生动的画卷展现在我们的面前。这些诗歌韵脚丰富，情感真挚，状物工巧，形态万千，联想丰富，流传至今仍璀璨生辉，散发着夺目的光彩。

二、文本解读

（一）离乱人生的悲苦之情

以战争为题材叙写的战争诗是《诗经》中重要的一类，也是《诗经》中艺术成就最高的一类。如《小雅》中的《采薇》《东山》，《卫风》中的《伯兮》等。战争诗中涉及的内容丰富，性质复杂，不仅包括政治、军事以及经济，也涉及民族关系、阶级斗争以及思想道德等。

在《诗经》中，战争诗涉及的人物广泛，主要有四种：第一种是《采薇》中的下层士卒，第二种是《出车》中描写的普通将士，第三种是《江汉》中的最高统帅，最后一种是《常武》中的一朝天子周宣王。这四类人物具有广泛的代表性。

《采薇》是典型描写士卒出征的诗歌，它通过描写主人翁从战场归家的途中对美好生活的憧憬，真实地反映了战士们保家卫国的征战之苦以及思念家乡亲人的心情。诗中通过主人翁对四季变化的描写，使读者联想到士兵远征离家的年华转瞬即逝，思念家乡的悲痛心情。战乱使有家难归的士兵常年在外，颠沛流离。首段描写连年战争中士卒们的悲苦思乡之情。前三段均以"采薇"开头，唤起士卒对岁月流逝的惊觉。日复一日、年复一年的战争使得思念家乡的战士无法回到亲人身边，为了国家的利益，战士们深明大义，同仇敌忾。而最后一段叙述了战士终于能踏上回家的路途，却是百感交集，充满悲伤的内心情境。全诗即景生情，具有深刻的美学价值。

（二）古老史诗的遗珠传颂

《诗经》中的祭祀诗是指那些在祭祀活动中咏唱的赞颂神灵、祖先，祈福禳灾的诗歌。这些诗歌以其独特的题材内容、鲜明的思想特征、浓郁的宗教气息和丰富的文化价值自成一类。如《大雅》中的《大明》《生民》等，用最简朴的语言将祭祀用诗歌记录了下来。在《诗经》51篇祭祖乐歌中以祭祀文王最多，达12篇；武王次之，为11篇。这是因为对周王朝来说，文王、武王均为开国圣主，功勋卓著。文王广纳贤才，励精图治，正式奠定了灭商立国的基础；武王承文王遗志，率军东征，牧野一战，商纣灭亡，诸侯并朝，终于完成了一统天下之伟业。诗歌大都是在周天子的宗庙里演奏的，是周代宗庙文化的艺术结晶。

在中国传统诗歌中，抒情、写景以及表达个人感受的诗歌最为常见，但是以叙事为主的史诗却流传甚少，因此《诗经》中为数不多的几篇具有历史意义的史诗性质作品，成了学者们推测历史的重要依据，并受到了充分的关注。在《大雅》中，《生民》这一作品便是具有宝贵历史价值的诗歌之一，也是周族的诗史之一，以简洁的笔触生动地描写了周族始祖后稷因其母姜嫄履天帝足迹受孕而生，屡被抛弃，均有异迹出现，后得以不死的经历。

"诞寘之隘巷，牛羊腓字之。诞寘之平林，会伐平林。诞寘之寒冰，鸟覆翼之。鸟乃去矣，后稷呱矣。实覃实訏，厥声载路。"牛羊喂乳，飞鸟庇护，这段描写记述了后稷历难不死的经历，充满神话色彩。后稷成长为一名擅长农事，具有农事天赋的首领，诗中运用多种手法生动地描写了后稷所种的农作物生长茂盛。后来后稷成了周族的始祖和农业之神。《生民》描写了周人在当时的社会背景下所从事的农耕活动和祭祀活动，从中也可以清楚地了解到周族的产生和历史。《生民》全文共八节，以每节八句与十句交替诉写的方式构成全文，除首尾节外，都以"诞"字领起，全文格式严谨。在表现手法上，《生民》全文纯用赋法，不加比兴，叙述生动详明，纪实性很强。

原文欣赏

生民

厥初生民，时维姜嫄。生民如何？克禋克祀，以弗无子。履帝武敏歆，攸介攸止。载震载夙，载生载育，时维后稷。

诞弥厥月，先生如达。不坼不副，无菑无害，以赫厥灵。上帝不宁，不康禋祀，居然生子。

诞寘之隘巷，牛羊腓字之。诞寘之平林，会伐平林。诞寘之寒冰，鸟覆翼之。鸟乃去矣，后稷呱矣。实覃实訏，厥声载路。

诞实匍匐，克岐克嶷，以就口食。蓺之荏菽，荏菽旆旆。禾役穟穟，麻麦幪幪，瓜瓞唪唪。

诞后稷之穑，有相之道。茀厥丰草，种之黄茂。实方实苞，实种实褎，实发实秀，实坚实好，实颖实栗。即有邰家室。

诞降嘉种：维秬维秠，维糜维芑。恒之秬秠，是获是亩；恒之糜芑，是任是负。以归肇祀。

诞我祀如何？或舂或揄，或簸或蹂。释之叟叟，烝之浮浮。载谋载惟，取萧祭脂，取羝以軷。载燔载烈，以兴嗣岁。

卬盛于豆，于豆于登。其香始升，上帝居歆，胡臭亶时。后稷肇祀，庶无罪悔，以迄于今。

（选自《诗经（下册）》，王秀梅校注，中华书局 2015 年版）

（三）爱情婚姻的人生之歌

《诗经》中最为丰富、数量最多的是爱情诗。爱情是人们千百年来亘古不变的生命动力，是人类生生不息的永恒主题，是人生最美好的人生体验，也是《诗经》中最有价值的诗体。《诗经》中的爱情诗表现自由择偶的大胆坦率、婚姻恋情遭受阻碍的伤悲以及弃妇的悲惨命运，向人们阐释的是周人的婚姻观念，表现的是一种超越爱情的、更为深刻的、复杂的社会问题，具有深刻的历史价值和文化意义。

《氓》全诗共六节，是叙事诗，采用自叙的手法，抒写一位多情纯洁的痴情女子，接受了一个虚情假意的男子的追求，与之私定终身，婚后在夫家吃尽了苦头，备尝辛劳，但因色衰爱弛又被遗弃的经过。在结构上，全诗没有采用传统的以时间为顺序或以故事发展为主线来叙写，而是选择了按照女主人公内心波动的轨迹而进行哀婉的吟唱。诗篇的比兴手法运用得很巧妙，如"桑之未落，其叶沃若""桑之落矣，其黄而陨"，形象辛酸地分别反衬出女子的青春与色衰。

初识时，"氓之蚩蚩"，没有识破，反生感情；被求婚时，"送子涉淇，至于顿丘"，一片痴情；婚后在夫家吃尽了苦头，"自我徂尔，三岁食贫""夙兴夜寐，靡有朝矣"，却无怨无悔；被弃后，"于嗟鸠兮，无食桑葚"，满腹悔恨；诀别后"静言思之，躬自悼矣"，伤感难言。"桑之落矣，其黄而陨"，时间总是那样的无情，长年的劳作使昔日貌美的女子人老珠黄，成了丈夫"士贰其行"与"二三其德"的理由。诗中充满哀伤悔恨，回忆与现实交替，叙事与抒情结合，其中又杂有警醒人心的议论。全诗淋漓尽致地体现了女子浓郁的情感体验以及对不幸遭遇的无奈，着实令人心生怜悯，也发人深省。千年国史中，不断上演痴情女子负心汉的悲剧故事，何时能得以终结？女子又何时能走出爱情的悲剧角色？这是全诗带给读者们的一个值得深思的历史性问题。诗歌在多方面融合无间，把弃妇的心理活动及思想感情极为生动真实地表现出来。

原文欣赏

氓

氓之蚩蚩，抱布贸丝。匪来贸丝，来即我谋。送子涉淇，至于顿丘。匪我愆期，子无良媒。将子无怒，秋以为期。

乘彼垝垣，以望复关。不见复关，泣涕涟涟。既见复关，载笑载言。尔卜尔筮，体无咎言。以尔车来，以我贿迁。

桑之未落，其叶沃若。于嗟鸠兮，无食桑葚！于嗟女兮，无与士耽！士之耽兮，犹可说也。女之耽兮，不可说也。

桑之落矣，其黄而陨。自我徂尔，三岁食贫。淇水汤汤，渐车帷裳。女也不爽，士贰其行。士也罔极，二三其德。

三岁为妇，靡室劳矣。夙兴夜寐，靡有朝矣。言既遂矣，至于暴矣。兄弟不知，咥其笑矣。静言思之，躬自悼矣。

及尔偕老，老使我怨。淇则有岸，隰则有泮。总角之宴，言笑晏晏。信誓旦旦，不思其反。反是不思，亦已焉哉！

（选自《诗经》，王秀梅校注，中华书局 2015 年版）

（四）劳作农事的辛勤赞歌

在《诗经》诞生的周代，人们已经将农业作为发展的根基。周人的远祖后稷，就因种植谷物而得名。农业在周代的经济和社会生活中地位极高，周人的发明与农业联系紧密。在农耕以及收获过后，周人常举行隆重的祭祀典礼，以答谢神灵的帮助和恩赐。在《吕氏春秋》中就曾记载，每逢春耕之时，"天子亲率诸侯耕帝籍田……以教民尊地产也；后妃率九嫔蚕于郊，桑于公田……以力妇教也"。从这种帝亲耕，后亲蚕的特殊仪式中，我们可以充分了解当时统治者对农业的重视。当时的人们已经开始将自己种植和采集的水果作物作为相互交换或赠送的礼品。《诗经》中大量的关于农事和农民生活的记载向我们生动地描绘和再现了当时周人的农业发展和生活情景。对蚕的养殖是我国从古至今的一个重要农业生产门类，《诗经》中记述桑园生产和采桑活动的相关诗篇近20首。此外，作为农业生产的一个附加行业，采集工作已经成为一种重要的工作，直到先秦时期仍占有重要地位。

《诗经》中表现终年劳作农事的情境的诗，以《豳风·七月》最为著名。该诗从不同角度表现了周人的农业生产活动，是最长的古老农事诗，是周人定居豳地时所作，以农人的口吻，真实细致地描绘了周代奴隶制度下的社会状况。

《七月》全诗按月吟诵，以铺陈的手法展现了农夫一年辛勤劳作的情境。全诗以"七月流火"开篇，句句以时令居首，抓住人们在不同季节对衣食住行的需求，"三之日于耜，四之日举趾""九月筑场圃，十月纳禾稼"，将气候与人事融合而叙，突出了在节奏紧密的时令中，农民因势而动，与自然浑然一体的坚韧品格，将农民春耕、夏忙、秋收、冬猎以及妇女们养蚕、采桑、染布、制衣的千年前的风情长卷有序地描绘于读者眼前，突出了天时、自然、人事的高度和谐以及构建生命节律的周而复始的有序循环。

《七月》第一章从天气转凉起笔，"七月流火，九月授衣"，炎热的暑气缓缓消退，初秋袭来，九月将至，寒衣备置。越过寒冬，夏历正月，农人开始修整掘土的农具。二月赤脚下地耕种，穿插妇女送饭、"田畯至喜"的场面。第二章描写采桑姑娘在春天劳作以及她们的心理活动："春日载阳，有鸣仓庚。女执懿筐，遵彼微行，爰求柔桑。春日迟迟，采蘩祁祁。"将一幅富有生机的少女采桑图刻画得栩栩如生。第三章中叙写收割和修整桑田的劳动，穿插纺织、染布的劳作情境。后续又依次将一年中剩下时节的耕种农作描写得生动入目。清代崔述在《丰镐考信录》中评价："读《七月》，如入桃源中，衣冠古朴，天真烂漫，熙熙乎太古也。"

原文欣赏

七月

七月流火，九月授衣。一之日觱发，二之日栗烈。无衣无褐，何以卒岁？三之日于耜，四之日举趾。同我妇子，馌彼南亩，田畯至喜。

七月流火，九月授衣。春日载阳，有鸣仓庚。女执懿筐，遵彼微行，爰求柔桑。春日迟迟。采蘩祁祁。女心伤悲，殆及公子同归。

七月流火，八月萑苇。蚕月条桑，取彼斧斨，以伐远扬，猗彼女桑。七月鸣鵙，八月载绩。载玄载黄，我朱孔阳，为公子裳。

四月秀葽，五月鸣蜩。八月其获，十月陨萚。一之日于貉，取彼狐狸，为公子裘。二之日其同，载缵武功。言私其豵，献豜于公。

五月斯螽动股，六月莎鸡振羽。七月在野，八月在宇。九月在户，十月蟋蟀入我床下。穹窒熏鼠，塞向墐户。嗟我妇子，曰为改岁，入此室处。

六月食郁及薁，七月亨葵及菽。八月剥枣，十月获稻。为此春酒，以介眉寿。七月食瓜，八月断壶。九月叔苴。采荼薪樗，食我农夫。

九月筑场圃，十月纳禾稼：黍稷重穋，禾麻菽麦。嗟我农夫！我稼既同，上入执宫功。昼尔于茅，宵尔索绹。亟其乘屋，其始播百谷。

二之日凿冰冲冲，三之日纳于凌阴。四之日其蚤，献羔祭韭。九月肃霜，十月涤场。朋酒斯飨，曰杀羔羊。跻彼公堂，称彼兕觥，万寿无疆。

（选自《诗经》，王秀梅校注，中华书局 2015 年版）

拓展阅读

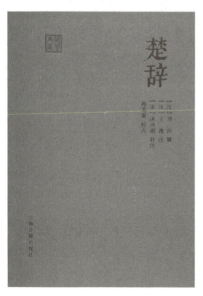

图 4-2 《楚辞》封面

1. 刘向辑，王逸注，洪兴祖补注《楚辞》，上海古籍出版社 2015 年版

楚辞是我国位于南方的楚国产生的一种文学体裁，它产生的时间要比《诗经》成书晚将近三百年。在西汉时期，人们将屈原及其后者宋玉等人的一些作品收集起来，装订成书，便诞生了今天中国文学史上具有深远影响的第二部诗歌总集——《楚辞》（图 4-2）。《楚辞》与《诗经》一并被归结为中国诗歌史上两座不朽丰碑。

自古以来已有相当一部分学者先后对其展开研究，也包括近现代的梁启超、王国维、闻一多、郭沫若等多位文化学者。其中梁启超还对《楚辞》给予过这样的评价："吾以为凡为中国人者，须获有欣赏《楚辞》之能力，乃为不虚生此国。"①《楚辞》不仅对中国产生了巨大的影响，而且传至日、韩等邻国甚至全世界许多国家，成为文化经典，流芳百世。

2. 袁珂译注《山海经全译》，北京联合出版公司 2016 年版

《山海经》（图 4-3）是我国流传至今的第一部关于地理方面的书籍。虽是地理书籍，里面却包含了很多神话和传说，想象丰富。里面有女娲补天、夸父追日、精卫填海等神话故事，妇孺皆知。这本书完成于西汉，共十八卷。这部著作对于我们了解我国一些有关民族、地理、宗教、历史、动植物、神话等方面的史实有着重要的作用与价值。

《山海经》全文近 31000 字，这一著作不仅是广大社会科学和自然科学工作者在研究中不可或缺的参考资料，也为广大读者大众打开了一条了解古代历史、文化和民俗等知识的宝贵路径。目前，国内外众多学者越来越重视对于《山海经》的研究。文中牵扯到的年代、种族等问题，需要运用考古学、民族学、人类学、语言学等学科知识进行跨学科综合研究分析。关于《山海经》至今仍有许多未解之谜，比如《山海经》的来源、产生的时代、所描写的地域等问题，有待更多学者去研究解谜。

图 4-3 《山海经全译》封面

3. 许富宏译注《鬼谷子》，中华书局 2011 年版

国学经典《鬼谷子》（图 4-4）完成于战国中期，这是一本关于战国纵横学派的独传子书，主要反映了纵横家在为人处世上的哲学和智谋思想上的才能。这本书所包含的范围极广，内容较为丰富和庞杂，系统理念较为完整，是一部至今都具有很强借鉴意义的外交指南和兵书。它阐述了人们要学会利用阴阳互生的原理，从而充分发挥主观能动性来对世界进行改造的理论主张。

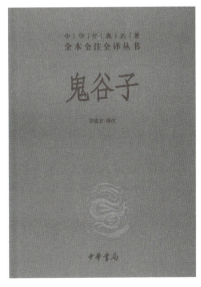

图 4-4 《鬼谷子》封面

---

① 梁启超：《饮冰室诗话》，周岚、常弘编，长春：时代文艺出版社，1998 年，第 178 页。

　　《鬼谷子》将观察表现的视角主要放在了实际生活上，以满足人们现实需要作为最大目标，对于所要解决的问题都充满了现实意味与实践价值，所表现的是一个以个人诉求与目标为中心，谋求富贵的权术思想，对于当今复杂而激烈的社会竞争环境，具有实用的理性价值。

品鉴与思考

　　1.诵读《诗经》中的经典名句。

　　2.与《楚辞》相比，《诗经》在艺术表现方面有哪些特色？

　　3.《关雎》这首描写翩翩君子爱上美丽女子的诗歌中，尽管最后这位翩翩君子没有达成他的夙愿，但却反映了他积极健康的心理活动和行为，结合这首诗歌以及你的感受，谈谈你对爱情的看法。

《春江花月夜》：诗情画意

《春江花月夜》

一、作者简介

张若虚，唐代扬州（今属江苏）诗人。张若虚曾任兖州兵曹，中宗神龙（705—707年）年间，与贺知章、贺朝、万齐融、邢巨、包融等俱以文辞俊秀驰名于京都，其与贺知章、张旭、包融被并称为"吴中四士"，玄宗开元年间（713年—741年12月）尚在世，诗以《春江花月夜》著名，今仅存诗两首。

二、作品简介

《春江花月夜》是一篇脍炙人口的名作，沿用陈隋乐府《清商曲辞·吴声歌曲》旧题，以民歌般清丽的笔触抒写了诗人真挚动人的离情别绪以及富有哲理意味的人生感慨，全诗紧扣春、江、花、月、夜的背景来写，细腻地描绘了宇宙永恒、人生短暂、游子思妇、欢爱难在的人生处境的悲剧性。语言清丽优美，韵律婉转悠扬，洗去了宫体诗的浓脂艳粉，具有宿命的色彩。此诗在思想和艺术上都达到了顶峰，词语优美，意趣清新纯美。诗中以"江畔何人初见月？江月何年初照人？人生代代无穷已，江月年年只相似"几句流传最广，指出生离死别，相思永远，短暂的人生可以升华为永恒的情爱。此作被誉为"孤篇盖全唐"之作。

三、文本解读

（一）五个意象

诗中主要描写了五个意象："春""江""花""月""夜"。这五个与主题密切相关的特定意象，集中体现了人生最动人的良辰美景，构成了诱人探寻的奇妙的艺术境界。全诗错落层叠，景象交替出现，以江、月为中心，随着月下景物的推移逐渐展开，亦虚亦实，忽此忽彼，构成了令人神往的奇幻形象（图4-5）。

1. 春——诗之妙。一年之计在于春，春是四季之首，是一个充满希望的美丽的季节。作者以春开头，描写"春江潮水连海平"，春天江面的风起云涌，水波荡漾，江天一色，使人置身于美丽而梦幻的情境之中。在如此的氛围中，叫人怎能不思念家中亲人？怎能不慨叹人生几何呢？

2. 花——诗之美。春意盎然，百花盛开，自古"花"就是春的代表、美好的象征。花开给人愉悦之感，用花比人，展现人生的绚丽多彩；花落给人忧伤之感，用花比人，抒发思念家乡的离别之苦、相思之情。"江流宛转绕芳甸，月照花林皆似霰"，诗人以景抒情，用诗句将一片绚丽奇异的景象展现于读者面前，让人不禁感叹花的美、人生的美。但一句"昨夜闲潭梦落花，可怜春半不还家"，又在描写落花这一景象的同时使人感觉人生的凄凉苦短。前后两句形成鲜明对比，暗示了人生如花，有开有谢，"春"就是这朵盛开的、异彩纷呈的花。

图 4-5 《春江花月夜》意境图

3. 江、月——诗之灵魂。诗中江与月的反复出现是该诗的亮点所在。诗人紧紧扣住"江"和"月"作为诗中的主体，充分渲染。这首诗从月生、月照、月轮、月徘徊、月华、月斜，写到月落，把现实中的景色与诗中人的梦境结合在一起，同时直入笔触写到了"江"，辅以江潮、江流、江天、江畔、江月、江浦、江潭、江树，又在诗中描写了月亮升起时江边花林的景象，淋漓尽致地表现了游子离妇的离愁。诗中作者对"江"进行了多方面的描写，通过描写各种纷繁的意象来把春江之景不断烘染，不断拓展。诗中，对月的描写通过反复地和春结合，和江结合，和花结合，和人结合，和夜结合，使全诗构成了一幅色彩优美、情感丰富而又迷离变幻、光彩斑斓的月夜春江的图画。而"月"又是诗中情景交融之物，在全诗中犹如一条生命的白练通上贯下，触处生神，诗情随着月轮的升落而起伏曲折。

4. 夜——诗之境。夜的降临才能引出月的出现，夜晚的景色是美好的。夜幕降临，月光洒落，引发游子思妇的相思想念之情，同时也触动了诗人，使诗人自己产生了对宇宙奥秘探索、对人生思索的兴趣。整个夜晚，从夜的初临到拂晓的悄然而至，一切景象都在变化着，使人惊叹并有一种梦幻般的感觉。在这样的境界中，诗人的诗兴自然高昂了。

（二）"美"的旋律

《春江花月夜》一诗在韵律节奏上的运用颇有特色，在诗中可以体会到诗人感情的慷慨激荡以及游子思妇的悲伤唯美。这种旋律不是哀丝豪竹，也不是急管繁弦，这是一种如小提琴奏出的小夜曲一般含蓄、隽永的旋律。诗的表面看似自然平和，内在的感情却是热烈而深沉的，诗的韵律扬抑回旋，节奏十足，犹如脉搏的跳动。诗人将诗中常用的阳辙韵与阴辙韵交互杂沓，同时使诗中的高低音相间，依次表现为洪亮级（庚、霰、真）——细微极（纸）——柔和级（尤、灰）——洪亮级（文、麻）——细微级（遇）。全诗的旋律随着韵脚的转换而变化起伏，在诗中运用得合理而交错平仄，使得乐曲一唱三叹，前呼后应，回环反复，层出不穷，音乐节奏感强烈而优美。这种语音与韵味的变化，又是切合着诗情的起伏，可谓声情与文情丝丝入扣，婉转谐美。

（三）精巧的结构

"春江花月夜"原是乐府旧题，相传为陈后主所创，内容是写艳情的宫体诗。隋及唐初人仿作逐渐将其改变为写景诗，但仍为五言短篇。张若虚首次将这一旧题改造成长篇七言歌行，对春江花月夜景做尽情描绘，对自身内在情感与诗的情韵意境做了酣畅淋漓的展示。

　　整篇诗由景、理、情依次展开，第一部分写了春江的美景，第二部分写了面对江、月而产生的感慨，第三部分写了游子思妇的离愁别绪。

　　《春江花月夜》的章法结构较为特殊，用整齐的语句作为全诗的基调，以错杂的事物显示全诗的多变。全诗三十六句，四句一换韵，共九韵，每韵构成一个小的段落，每四句一小组，又平声庚韵起首，中间为仄声霰韵，平声真韵，仄声纸韵，平声尤韵、灰韵、文韵、麻韵，最后以仄声遇韵结束。一组三韵，另一组必定转用另一韵，像九首绝句。这是它整齐的一面。它的错综复杂，则体现在九个韵脚的平仄变化：开头一、三组用平韵，二、四组用仄韵，随后五、六、七、八组皆用平韵，最后用仄韵结束，错落穿插，声调整齐而不呆板。在句式上，大量使用排比句、对偶句和流水对，起承转合皆妙，文章气韵无穷。诗中春、江、花、月、夜、人几个主题词错落重叠，伸缩变化，把读者引进了一个浑然忘我的境界。起首四句"春江潮水连海平，海上明月共潮生。滟滟随波千万里，何处春江无月明"就两现春江，两现明月，两现潮，两现海，交错迭现的景观立即把人带进了一个神奇美妙的境界，而第四句"何处春江无月明"又为整篇描写的江月埋下了伏笔。

原文欣赏

春江花月夜

春江潮水连海平，海上明月共潮生。

滟滟随波千万里，何处春江无月明！

江流宛转绕芳甸，月照花林皆似霰。

空里流霜不觉飞，汀上白沙看不见。

江天一色无纤尘，皎皎空中孤月轮。

江畔何人初见月？江月何年初照人？

人生代代无穷已，江月年年只相似。

不知江月待何人，但见长江送流水。

白云一片去悠悠，青枫浦上不胜愁。

谁家今夜扁舟子，何处相思明月楼？

可怜楼上月徘徊，应照离人妆镜台。

玉户帘中卷不去，捣衣砧上拂还来。

此时相望不相闻，愿逐月华流照君。

鸿雁长飞光不度，鱼龙潜跃水成文。

昨夜闲潭梦落花，可怜春半不还家。

江水流春去欲尽，江潭落月复西斜。

斜月沉沉藏海雾，碣石潇湘无限路。

不知乘月几人归，落月摇情满江树。

（选自曹寅、彭定求《全唐诗》，扬州诗局刻本 1706 年版）

拓展阅读

（一）长歌行

长歌行①

青青园中葵②，朝露待日晞。③

阳春④布⑤德泽⑥，万物生光辉。

常恐秋节⑦至，焜黄⑧华⑨叶衰。

百川⑩东到海，何时复西归？

少壮不努力，老大徒⑪伤悲！

（选自《乐府诗集》，郭茂倩编撰，上海古籍出版社 2016 年版）

这首诗选自《乐府诗集》卷三十，属相和歌辞中的平调曲。《乐府诗集》是宋代郭茂倩编的一部乐府诗总集，全书一百卷，分十二类。上起汉魏，下至五代，还包括秦以前歌

---

① 长歌行：汉乐府曲调名。
② 葵：冬葵，我国古代重要蔬菜之一，可入药。
③ 晞：天亮，引申为阳光照耀。
④ 阳春：温暖的春天。
⑤ 布：布施，给予。
⑥ 德泽：恩惠。
⑦ 秋节：秋季。
⑧ 焜黄：形容草木凋落枯黄的样子。
⑨ 华：同"花"。
⑩ 百川：河流。
⑪ 徒：白白的。

谣十余首，除了收入封建王公贵族的乐章，还保存了大量民间歌词（包括《木兰诗》《孔雀东南飞》）和文人创造的《新乐府诗》。这首诗整体情感基调是阳光、积极、向上的，感叹时节更迭匆忙，光阴易逝，劝勉人们珍惜韶华，发奋努力，使自己有所作为。

品鉴与思考

1.《春江花月夜》运用了哪些意象？

2.《春江花月夜》表达了诗人怎样的情感？在诗中是如何体现的？

3. 结合你的人生感悟，谈谈曹植《送应氏二首（其二）》中"天地无终极，人命若朝霜"，刘希夷《代悲白头翁》中"年年岁岁花相似，岁岁年年人不同"，张若虚《春江花月夜》中"人生代代无穷已，江月年年望相似"有着怎样的相似性？这三首诗当中蕴含了怎样的人生思考？

《江城子》：慷慨与深情

《江城子》

一、作者简介

苏轼（1037—1101 年），字子瞻，又字和仲，号东坡居士，所以又被称为苏东坡、苏仙，汉族，眉州眉山（今四川省眉山市）人，北宋著名文学家、书画家。苏轼少年得志，嘉祐二年（1057 年）进士及第，时年二十周岁，曾在凤翔、杭州、密州、徐州、湖州、颍州、扬州、定州等地任职，曾官任翰林学士、侍读学士、礼部尚书等职。苏轼此生仕途跌宕，命运起伏，但他性情放达、为人率真，好交友，好美食，喜游名山大川，亦善品茗。苏轼晚年遭贬，至惠州、儋州（今海南省），宋徽宗时获大赦北还，途中病逝常州，享年64 岁。宋高宗时追封太师，宋孝宗时追谥"文忠"。

苏轼是我国著名的文学家，是北宋中期的文坛领袖，在诗、词、散文、书法、绘画等方面都有很高的造诣。在苏轼十九岁（嘉祐元年即 1056 年）时，父亲苏洵带着苏轼、苏辙兄弟二人出川赴京，参加科举考试。不料苏轼的文章在科考中一鸣惊人，获得考官欧阳修的极大赞赏，他极其推崇苏轼的文章。从此苏轼的名字传遍京师，名声大振，这也开启了他的仕途之路。

二、作品简介

（一）《江城子·密州出猎》

这首词作于宋神宗熙宁八年（1075 年），苏轼当时任密州（今山东诸城）知州。当时的词多以婉转绮丽之风为主，而苏轼这首词一改词的固有风貌，具有豪放、壮阔之境，扩大了词的表现范畴，作者本人也以词有别于"柳七郎（柳永）风味"而颇为得意，曾致书鲜于子骏说："近却颇作小词，虽无柳七郎风味，亦自是一家，数日前猎于郊外，所获颇多。作得一阕，令东州壮士抵掌顿足而歌之，吹笛击鼓以为节，颇壮观也。"整首词通过记述一次出城围猎，表达了苏轼愿意为国杀敌、戍守边疆的爱国情怀（图4-6）。

图 4-6 《江城子·密州出猎图》

（二）《江城子·乙卯正月二十日夜记梦》

这首词写于苏轼爱妻王弗亡故十年之时，即熙宁八年（1075年）他初到密州任职之时。一日，他忽梦到亡故的爱妻，绵绵不尽的哀伤和思念顷刻袭来，遂写下这首情意缠绵的悼亡诗。苏东坡十九岁时，娶了小自己三岁的妻子王弗。婚后的二人谈书论道，情深意笃。可惜天不假年，王弗年仅二十七岁便驾鹤西去，这使苏轼倍感痛心。写下这首诗时王弗已去世十年了，但苏轼思及依旧情难自抑。

三、文本解读

（一）《江城子·密州出猎》

江城子·密州出猎

老夫聊发少年狂，左牵黄，右擎苍，锦帽貂裘，千骑卷平冈。为报倾城随太守，亲射虎，看孙郎。

酒酣胸胆尚开张，鬓微霜，又何妨！持节云中，何日遣冯唐？会挽雕弓如满月，西北望，射天狼。

（选自苏轼《苏轼诗词集》，杨雪编著，江苏凤凰文艺出版社 2020 年版）

译文

我姑且抒发一下年少轻狂的豪情壮志，左手牵着黄犬，右臂擎着苍鹰，戴着华美艳丽的帽子，穿着貂皮做的外衣（汉代狩猎人的装束），随从上千骑与我一起疾风般席卷平坦的山冈。为了报答倾城出动跟随我出猎的人们的盛情厚意，我要像孙权那样，去亲自射杀猛虎。

酣畅地饮足了美酒，感到心胸开阔，胆气豪壮，（虽然）两鬓已斑白，（但）这又何妨？什么时候皇帝会像汉文帝派遣冯唐一样派人传来旨意呢？那时我一定会用力拉满雕花的弓箭，拉得就像满月一样，向西北瞄准眺望，将箭射向西夏军队，为国戍守边疆。

赏析

这首词是苏东坡豪放词的代表作之一，也是宋代较早抒发爱国情怀的一首豪放派的词，无论是词的内容还是题材、意蕴方面，都打破了传统的"词为艳科"的范畴，拓展了词的意境，提高了词的品位、格调，开创了词的一代先风。

这首词分上下两阕。上阕叙事，下阕抒情。

上阕叙写了一次出城围猎的经历。苏轼穿着围猎的服饰装束，率领着上千骑随从，如风般席卷过平冈，可谓气势浩荡。在这样的盛况之下，为答谢全城军民的深厚情谊，苏轼决心像孙权那样，亲自射杀猛虎。

下阕开始抒发情怀。苏轼开怀痛饮，愈加感到胸襟开阔，气壮山河，即便已是两鬓斑白，又有何妨？期盼着有朝一日，皇帝会再度信任他，像派遣冯唐赦免魏尚一样，派遣人来赦免他，使他能去射杀入侵的敌人，为国戍守边疆。

整首词读来气势豪放，热情奔放，一扫以往词的绮罗香泽之态，读来给人焕然一新的感受。苏轼喜饮酒，常醉后放词。这首词亦是苏轼在酒酣之后抒发的豪言壮语，洋溢着满腔的报国杀敌的壮志豪情。

这首词的艺术手法是虚实结合，上阕写围猎场面是实写，下阕想象射杀西夏入侵者，为国戍守边疆，抒发自己的理想抱负，是虚写，是想象。

（二）《江城子·乙卯正月二十日夜记梦》

江城子·乙卯正月二十日夜记梦

十年①生死两茫茫，不思量②，自难忘。千里③孤坟④，无处话凄凉。纵使相逢应不识，尘满面，鬓如霜。

夜来幽梦⑤忽还乡，小轩窗⑥，正梳妆。相顾无言，惟有泪千行。料得年年肠断处，明月夜，短松冈⑦。

（选自苏轼《苏轼诗词集》，杨雪编著，江苏凤凰文艺出版社2020年版）

赏析

这首词是苏东坡的真情之作，全词语言练达、真挚，朴素自然、情感丰富，虚实结合地表现了苏轼对亡妻真挚的思念之情，感人至深。

上阕写实，即以实景开篇，用"十年生死两茫茫"的现实境遇开头，表达了自己对亡妻十年来深深的怀念和伤悼。与妻子即使阴阳相隔了十年，作者依旧情意不减，甚至思念也是不减反增，这份感情即使不去思量也难以忘怀。第二句以"千里孤坟，无处话凄凉"表达了作者当时的感受，使人们见到作者孤寂悲郁的心境，使人动容。

下阕写虚，即"夜来幽梦忽还乡"的虚景，也暗示了作者日有所思夜有所梦，与上文的实景相衔接。"小轩窗，正梳妆"生动地描绘了亡妻在世时的景象。但"相顾无言，唯有泪千行"表达了作者十年来的宦海沉浮有诸多感触，一时间因为见到妻子不知道如何诉说，唯有"泪千行"来表达自己泛滥的情感。以虚写实，运用梦中的虚景来表达情感的真实，这种虚实的对比更加加重了现实中天人永隔的悲凉之感，令人不由心中憾然。

---

① 十年：指结发妻子王弗去世已十年。

② 思量：想念。

③ 千里：王弗葬地四川眉山与苏轼任所山东密州相隔遥远，故称"千里"。

④ 孤坟：其妻王氏之墓。孟启《本事诗·徵异第五》载张姓妻孔氏赠夫诗："欲知肠断处，明月照孤坟。"

⑤ 幽梦：梦境隐约，故云幽梦。

⑥ 小轩窗：指小室的窗前；轩：门窗。

⑦ 明月夜，短松冈：苏轼葬妻之地；短松：矮松。

拓展阅读

1. 林语堂《苏东坡传》，湖南人民出版社2018年版

《苏东坡传》（图4-7）被评为二十世纪四大传记之一。它被称为我国现代文学史上长篇传记的典范之作。苏东坡是一位家国始终于心的大文豪，又是一位充满豪情的诗人。作者林语堂通过用心揣摩其身世遭遇，用细腻的心思去品鉴其作品，才能够理解、体悟到东坡公的内心情感，才会精准地抓住其灵魂所在，故描述才会如此精当准确。看林语堂诉说东坡，在赞叹东坡的造诣深厚的同时，更会为其睿智旷达而折服。他既有不拘一格、豁达通脱的一面，也有闲适率真、朴拙清澈的一面，作者以清逸而深刻的笔调向我们再现了一代大家超凡脱俗的气质与才华。主人公身上特有

图4-7 《苏东坡传》封面

的融万物于心、用宽广胸怀去接纳变化跌宕的大千世界的情怀，很值得我们学习，在对自身修养的提升方面，它不失为一本很好的读物。

2. 达亮《苏东坡与佛教》，四川大学出版社2009年版

《苏东坡与佛教》（图4-8）围绕苏东坡与佛教之间的渊源展开叙述。苏轼是历史上杰出的文艺全才，他的"喜佛"几乎贯穿一生。早年他受到佛教的熏陶，促成了他青年的"游禅"，之后中年的"近禅"，最后到他老年"逃禅"的人生脉络。他被贬黄州时，因与佛印交往甚密，故受其影响颇深，二人经常谈禅问道，还涉及书画、诗词、文赋。就诗而言，历史上也就只有"杜诗"和"苏诗"这两个以姓氏命名的；就词而言，苏东坡则将词的题材拓宽，开创了豪放词派，与辛弃疾并称"苏辛"；就绘画而言，苏东坡是提倡传神写意的第一人，率先提出"士人画"概念；就书法而

图4-8 《苏东坡与佛教》封面

言，对于与绘画密切相关的书法，苏东坡则注重求变与尚意，并自成一家，成为"宋四家"之首。正如古文中说的那样："东坡每事俱不十分用力，古文、书、画皆尔，词亦尔。"但"其体浑涵光芒，雄视百代，有文章以来，盖亦鲜矣"。苏东坡善于将多种不同的艺术形式按照自己的思考与分析进行贯通与融合，最终形成其独有的"外儒内禅"的艺术观与人生观。

作者通过对苏轼生活的描写，再现了苏东坡豪迈、睿智、博学、幽默、宽容的一面，还体现了其非常富有童心、激情、想象力的一面，读者能从这本书中认识了解到一个多维、立体、鲜活的苏轼。

品鉴与思考

1. 试比较苏轼与柳永诗词风格有哪些相同之处与不同之处。

2. 为什么说苏轼的词开创了词境、提升了词品、扩大了词的范畴？谈谈你对此的理解。

3.《密州出猎》抒发了作者苏轼精忠报国、奋勇抗击外敌入侵的爱国之情，其风格豪迈，气势恢宏。结合本词的叙事风格，试分析《密州出猎》所体现的"阳刚之美"是如何体现的。

《偶然》: 洒脱与平静

《偶然》

一、作者简介

徐志摩（1897—1931年），我国现代诗人、散文家。原名章垿，字槱森。浙江海宁市硖石镇（今嘉兴市海宁市硖石街道）人。徐志摩是金庸的表兄，留学美国时改名志摩。曾经用过的笔名：南湖、诗哲、海谷、谷、大兵、云中鹤、仙鹤、删我、心手、黄狗、谔谔等。小时在家塾读书，11岁时进硖石开智学堂，师从张树森，打下了古文根底，成绩总是排名第一。1910年，徐志摩满14岁，离开家乡，来到杭州，经表叔沈钧儒介绍，考入杭州府中学堂（现浙江省杭州高级中学），与郁达夫同班。他爱好文学，并在校刊《友声》第一期上发表论文《论小说与社会之关系》，认为小说裨益于社会，"宜竭力提倡之"，这是他的第一篇作品。1915年徐志摩毕业于浙江省立第一中学校（原杭州府中学堂），先后就读于上海沪江大学（现上海理工大学）、天津北洋大学（现天津大学）和北京大学，1918年赴美国学习银行学，1921年赴英国留学，入剑桥大学当特别生，研究政治经济学。在剑桥两年，他深受西方教育的熏陶及欧美浪漫主义和唯美派诗人的影响。徐志摩是新月派代表诗人，新月诗社成员。1925年以前，徐志摩除了作诗，还联络新月社成员从事戏剧活动。1925年10月，徐志摩接编《晨报副刊》，并于1926年4月1日创办了《晨报》诗刊《诗镌》，这时，闻一多已由美国回国并参加了《诗镌》的编撰工作。1928年3月，徐志摩一边在光华大学、东吴大学、大夏大学等校担任教授工作，一边又创办了《新月》月刊。《新月》一共出刊四卷四十三期，至1933年6月终刊，不仅刊登新月派成员的著作，其中也有郁达夫、巴金、丁玲、胡也频等思想倾向进步的作家的作品。1931年11月19日，徐志摩因飞机失事而去世。

徐志摩的诗集有《志摩的诗》《翡冷翠的一夜》《猛虎集》《云游》，散文有《落叶》《巴黎的鳞爪》《自剖》《秋》《我所知道的康桥》《印度洋上的秋思》《北戴河海滨的幻想》等，小说有《春痕》《轮盘》等，剧本有《卞昆冈》日记有《爱眉小札》《志摩日记》，译著有《曼殊斐尔小说集》等。

二、作品简介

图4-9 《翡冷翠的一夜》封面

《偶然》写于1926年5月，初载同年5月27日《晨报副刊·诗镌》第9期，署名志摩。同年9月，《偶然》收录于上海新月书店《翡冷翠的一夜》(图4-9)中。这也是徐志摩和陆小曼合写的剧本《卞昆冈》第五幕中老盲人的唱词。

该诗被视为徐志摩人生历程意象化的浓缩。人生中林林总总的偶然使徐志摩经历了无数沧桑坎坷，成了他诗人生涯的丰富阅历的积淀。《偶然》一诗共十行，严格遵守三行韵的写作形式，温婉优柔，浅唱低吟；江阳韵奔放高昂，慷慨激情。上下节格律对称，两种音韵交替起伏，抑扬顿挫；长短错落，句子整饬有变，节奏感强烈，极好地展现了《偶然》的音乐美。每节一、二、五句由三个音步结合而成，而每节的三、四句则是由两个音步组成。这些都充分表现了徐志摩对诗中所谓"建筑美"的追求，也充分表现了徐志摩自己对诗的主张——"一首诗的秘密也就是它的内含的音节的匀整与流动"，音节的处理是一首诗的经脉。《偶然》用韵圆纯熟美，从诗中音节和用韵的处理上呈现了徐诗长短错落、整饬有变的特点，而且令读者读来纡徐顿挫，节奏美之外平添了古典旋律感，读起来朗朗上口。

三、文本解读

（一）似轻实重的双重格调

诗中的首节"我是天空里的一片云，偶尔投影在你的波心"，诗人以浮云作比，传达诗人飘忽动荡的心情以及诗人浮云游子、自由自在的性情。对方则被比作一汪湖水的波心，以此比喻诗人对对方的影响，而一个"偶然"又阐述了这种波心的涟漪只是一时的巧合罢了，是不期而遇的却又是平静温婉的，而两者的相遇只是"偶然"，这种"偶然"也是转瞬即逝的美丽，所以"你不必讶异，更无须欢喜"。美丽的白云使如湖水般的知己心灵震撼，她碧波荡漾起来。但是诗人积极抑制兴奋之势：你不要为之惊讶或欢喜，因为它"在转瞬间消灭了踪影"。为何会消灭踪影？因为这知己的相逢相遇并不是长久之事，这种共鸣并不是永恒的，最终双方都会擦肩而过，所以请不必为此倾注太多感情。诗中本节更深的含义其实是要人们知道，任何的唯美和共鸣都不是永恒的，唯有抓住这"偶然"的瞬间，才能化短暂的火花为永恒的光彩，同时使读者深深地体会到诗人在表现洒脱的同时又隐含着对"偶然"的眷恋。

第二节"你我相逢在黑夜的海上，你有你的，我有我的，方向；你记得也好，最好你忘掉，在这交会时互放的光亮"，此节诗中，诗人继续深入阐述他的看法。首先设计了一个特殊的背景："你我相逢在黑夜的海上。"黑夜之海孤寂沉默，而彼此正在此时相遇，驱散了沉寂和孤独，为夜幕点亮了温暖的火光，相逢相知，"在这交会时互放的光亮"，获得了如此激动人心的"偶然"。但是话锋一转，道出"你有你的，我有我的，方向"，阐述了作者对这"偶然"的短暂之无奈，同时劝诫友人"你记得也好，最好你忘掉"，语气上以退为进，告知对方，我们各有方向，即便是倾心之遇，也不可流连于温柔之乡。但诗文中隐喻诗人自己对"偶然"邂逅的一段美好的记忆，同时也希望对方铭记于心。

把"偶然"这样一个极为抽象的时间副词形象化，置入象征性的结构，充满情趣哲理，不但朗朗上口，珠圆玉润，而且意溢于言外，余味无穷。这诗"刚健中暗含温婉意绪，柔情里不乏铮铮之音"。隐隐的，诗中展现的"洒脱"似乎给我们留下了一丝心酸、一丝刺痛、一丝迷惘——人世的悲欢离合充满了不可知性，人生本就像一道道驿站，上上下下的人群，短暂一生中无数的偶然，始终没有改变诗人对理想的追求。他苦苦探求"爱、自由和美"，并把片刻痴迷心醉的体验、兴奋不已地感受凝聚在这永不褪色的诗篇里。偶然的倾心相遇，并不一定能够一生相伴下去。湖水波心不会游移，而漂泊的云彩却不是能够停得下脚步的。所以，不必讶异，无须欢喜，让我们平平静静地面对这人间的聚散离合吧。

原文欣赏

偶然

我是天空里的一片云，
偶尔投影在你的波心——
你不必讶异，
更无须欢喜——
在转瞬间消灭了踪影。
你我相逢在黑夜的海上，

你有你的，我有我的，方向；

你记得也好，

最好你忘掉，

在这交会时互放的光亮！

（选自张伯存《中国现代文学作品选》，东北师范大学出版社 2016 年版）

拓展阅读

1. 林徽因《你是人间四月天》，同心出版社 2011 年版

　　《你是人间四月天》（图 4-10）是林徽因所著的一本小说、诗歌、散文、剧本集，收录了林徽因几乎所有的经典文学作品。有着"民初才女"之称的林徽因，其诗歌作品融入了中国古典诗歌与西方浪漫主义思想的表现手法，每篇作品都凝结着她灵动的思绪与才华。在她的作品中，语言温婉而淡雅，时至今日，再品读她的文章，仍可感受到字里行间的芬芳。其散文成就颇大，即使数量有限，但因其风格独特而备受关注。从她的散文中，我们能够明晰地体悟到她的内心世界与情感波澜，其中收录的四篇散文中有两篇是为怀念徐志摩而写的，由此可见这一题材的作品不仅对林徽因有着非同一般的意义，对于今天的读者亦有着十分重要的品读价值与意义。读者从字里行间能够感受到她的感伤与凄婉之情，令人感动。文章的写作手法，独特的切入视角，以及细腻的文笔，展现出她灵动的思绪与才华、丰富的人生经历、与朋友间的志趣交往，以及作者复杂的心路历程与情感轨迹。她言语中所透露出的温婉与淡雅，在一定程度上折射出那个年代林徽因的人生影像。

　　《你是人间四月天》这本书收录了珍贵的图片资料，将林徽因与其家人、友人等所拍摄的影像提供给读者，给人一种全新的立体的阅读视角和审美感受，其中包括她与印度文学家泰戈尔、中国近代名人梁启超及中国诗坛才子徐志摩等人的合影，十分珍贵，而书内的链接文字又使图书的信息量增加，向读者展开了一个丰富的阅读世界。

图 4-10　《你是人间四月天》封面

2. 徐志摩《徐志摩自传》，长江文艺出版社 2020 年版

图 4-11 《徐志摩自传》封面

《徐志摩自传》（图 4-11）以自述的形式，从多个维度为我们讲述了徐志摩多彩而绚烂的一生。全书共分为四个章节，主要讲述了徐志摩的儿时回忆、求学经历、家庭生活、师友往来、理想抱负等诸多方面，较为全面地向我们展示了徐志摩的精神生活和现实际遇。徐志摩作为中国现代文学史上的一代才子，周身洋溢着浪漫主义的气息，虽然他在三十五岁时遭遇空难不幸去世，但他的文学作品对后世的影响却非同一般。正如他在诗中说的那样"假如我是一朵雪花，翩翩地在半空中潇洒，我一定认清我的方向，飞扬，飞扬，飞扬"，充分表现了其浪漫洒脱和对美的艺术追求。书中有很多珍贵书信与图片，能给读者的阅读带来更多的审美享受。

▶ 名家点评

　　志摩的最动人的特点，是他那不可信的纯净的天真，是对他的理想的愚诚，对艺术的欣赏的认真，体会情感的切实，全是难能可贵到极点。

——林徽因

　　志摩，情才，亦一奇才也，以诗著，更以散文著，吾于白话诗念不下去，唯独志摩诗。

——林语堂

品鉴与思考

1. 试体会徐志摩《偶然》这首诗表达的意境。

2. 有人认为《偶然》这首诗并非只是一首简单的爱情诗，它在抒发对爱与美的眷顾之情时，更蕴涵着作者对人生中的美好"偶然"相逢又转眼消逝的感叹，充满了浪漫主义的意趣。那么通过学习，你怎么看待这首诗的含义？

3. 试用轻快型、舒缓型、凝重型等不同语调朗诵《偶然》。

《雨巷》: 朦胧的情愫

《雨巷》

一、作者简介

戴望舒（1905—1950 年），我国著名现代派象征主义诗人、翻译家，原名戴承，字朝安。他曾经用过的笔名：梦鸥、梦鸥生、艾昂甫、信芳、江思等。戴望舒是浙江省杭州市人，8 岁入杭州鹾武小学读书，学习古典说部和外国童话，打下了坚实的文学基础，1923 年秋进入上海大学文学系，师从田汉学习中外文学，1925 年秋由于上海大学被封故转入震旦大学学习法文。1928 年他发表了《雨巷》，也曾因《雨巷》的成功被称为"雨巷诗人"。戴望舒早期的诗歌较为伤感，注重表达内心忧郁、孤寂的情感。由于受到西方象征派的影响，表现出朦胧、含蓄的诗歌意象。后期诗歌逐渐开始转向表达对于祖国的热爱、对于侵略者的憎恨等浓烈的情感。戴望舒凭借其创作的优秀诗歌在文学史上占据了重要位置，被称为现代诗派"诗坛领袖"。他曾与卞之琳、孙大雨、梁宗岱等人创办月刊《新诗》，是中国近代诗坛上最重要的文学期刊之一，也是新月派、现代派诗人共同交流的重要场所。

二、作品简介

《雨巷》是戴望舒在 1927 年创作的一首广为人知的现代诗，也是他的代表作之一。该诗运用抒情手法营建情感空间，含蓄地表达了主人公对于美好理想的憧憬与追求。同时，这首诗将中国晚唐时期的婉约诗词和现代诗歌形式相结合，在艺术表现上呈现出了和谐的音律美以及朦胧的意境美，流露出作者对于现实与理想的多重思考和情感寄托。

三、文本解读

作者戴望舒在《雨巷》当中营造了一个具有象征色彩的诗意情景。在这里，诗人将自己塑造成雨巷中彷徨的孤独者，他虽心思忧愁，却期待有一个"丁香一样的姑娘"会出现在自己面前。"丁香姑娘"实则并非某个人，而是诗人心中一种美好理想的象征，他含蓄地将丁香的美好、愁怨、圣洁集结在了一体，以抒发内心的真实情感。然而他明白，这美好如梦一般缥缈。"丁香姑娘"和自己一样愁苦和惆怅，倏忽即逝，像梦一样朦胧虚幻。戴望舒的诗歌创作受到古典诗词艺术的深深陶冶，透露着浓烈的忧伤气质和浪漫主义色彩。

在《雨巷》中，诗人创造了一个"丁香一样地结着愁怨的姑娘"的象征性的抒情形象。这是因为，在诗歌中借用我国传统文化的丁香花这一意象来表达自己对纯洁、美好愿景的向往。同时，以丁香花短暂的花期暗示了美好事物的稍纵即逝，用丁香结即丁香的花蕾来象征人们的愁心，这显然是受古代诗词中一些作品的启发，也是诗词中传统的表现方法之一。例如，唐朝李商隐的《代赠二首（其一）》中就有过"芭蕉不展丁香结，同向春风各自愁[1]"的诗句，以芭蕉形容相思中的男子，将丁香比作苦恋中的女子，两人都在为不能相见而忧愁；再如南唐诗人李璟，更是把丁香与雨中的惆怅情感联系在一起，他的《摊破浣溪沙·手卷真珠上玉钩》中的"青鸟不传云外信，丁香空结雨中愁"两句，将无法传讯的青鸟与雨中绽放结出团团愁怨的丁香花比肩，赋予丁香独有的忧郁之韵。[2]

诗名虽为《雨巷》，可贯穿整篇诗歌的核心却并不是雨巷，而是发生在雨巷中的一段故事，实则丁香才是整首诗的核心意象。在诗中一开始，作者就借油纸伞将自己融入雨巷的环境，此时，作者已直抒胸臆——"我希望逢着，一个丁香一样地，结着愁怨的姑娘"。继而，"丁香"的意象出现，"丁香姑娘"独自徘徊在"悠长，悠长，又寂寥的雨巷"，她是一个"结着愁怨的姑娘"。但这只是作者的想象而已，"丁香姑娘"所指的就是作者的理想之聚焦形象。并且，这位姑娘和作者一样，投出"太息"一般的目光，而人只有在一筹莫展之时才会"太息"般地叹气，说明了她也在某种程度上体现了作者内心的愁苦，给人一种"姑娘就是我自己"的猜想。这一描写使用了通感手法，让人更能感受到诗人内心的忧郁情感。而后，姑娘从其身旁走过，作者表现出想接近但却又不可企及，不想离开但又不得不离开的无奈之情。此时不免已有很多读者代入其中，身临其境地认为这位"丁香姑娘"是一个真实存在的活生生的人，毕竟她会"太息"，也撑着伞，还与作者擦肩而过。

---

① 李定广：《中国诗词名篇赏析（下）》，上海：东方出版中心，2018年，第31页。

② 任静文：《缠绵的忧伤美——从〈雨巷〉看戴望舒创作的美学追求》，《陕西广播电视大学学报（综合版）》2005年第01期。

可作者再次强调"梦中""像梦一般",又让人觉得雨巷中的环境可能不是真实的,而是在一个幻境之中,让人惝恍迷离,引人入胜。

在诗的结尾处提到丁香时,"她"逐渐走远,出了雨巷,走向了一处破败不堪的围墙。作者通过这一场景暗示美好的事物最后却走向了破败之际,形成了一种巨大的反差。"丁香姑娘"的颜色、芬芳、眼光都一并消散了,美也再次消失不见,预示着"我"的希望也随同着这些美好的消逝一起烟消云散。诗的最后,美好的象征已不在,但"我"仍执着油纸伞,在那个仿佛虚无之境的雨巷中,继续等待着希望的出现。

如此看来,《雨巷》也许并不是一首表达内心伤感忧愁的情诗,而只是一首寓意颇深的现代抒情诗。戴望舒借幻想出来的"丁香姑娘"表达自己内心深处的忧郁、彷徨以及他对理想的渴望和追求。

原文欣赏

雨巷

撑着油纸伞,独自

彷徨在悠长,悠长

又寂寥的雨巷,

我希望逢着

一个丁香一样地

结着愁怨的姑娘。

她是有

丁香一样的颜色,

丁香一样的芬芳,

丁香一样的忧愁,

在雨中哀怨,

哀怨又彷徨;

她彷徨在这寂寥的雨巷,

撑着油纸伞

像我一样,

像我一样地

默默彳亍着，

冷漠，凄清，又惆怅。

她静默地走近

走近，又投出

太息一般的眼光，

她飘过

像梦一般的

像梦一般的凄婉迷茫。

像梦中飘过

一枝丁香的，

我身旁飘过这女郎；

她静默地远了，远了，

到了颓圮的篱墙，

走尽这雨巷。

在雨的哀曲里，

消了她的颜色，

散了她的芬芳

消散了，甚至她的

太息般的眼光，

丁香般的惆怅。

撑着油纸伞，独自

彷徨在悠长，悠长

又寂寥的雨巷，

我希望飘过

一个丁香一样地

结着愁怨的姑娘。

（选自戴望舒《雨巷：戴望舒诗集》，人民文学出版社 2020 年版）

拓展阅读

1. 戴望舒《雨巷：戴望舒诗集》，人民文学出版社 2020 年版

《雨巷：戴望舒诗集》（图 4-12）一书中收录了戴望舒的诸多代表性作品，包括《雨巷》《我用残损的手掌》《狱中题壁》《我的记忆》等名篇。此书的独特之处在于首次展现了数张作者的珍贵照片，图文并茂地呈现了"现代诗派"诗坛领袖的创作历程。

2. 余光中《乡愁：余光中诗歌》，上海文艺出版社 2020 年版

《乡愁：余光中诗歌》（图 4-13）一书中收录了余光中诸多脍炙人口的名篇佳作，从时间上纵向展示了余光中的创作历程。其作品内容包含了对故土的眷恋、对妻子的情深等，整体上展现了诗人多元化的创作风格，呈现了诗人博大广阔的气韵神采。此书收录了余光中的二十部诗集中的精选诗歌，从余光中出版原诗集时作的序言或后记中进行简短的摘录，使读者能够更为直观地了解诗人创作的心路历程。

图 4-12 《雨巷：戴望舒诗集》封面

品鉴与思考

1. 谈一谈《雨巷》当中展现出来的朦胧美。

2. 结合戴望舒《雨巷》创作时的背景，思考《雨巷》当中，"雨巷"和"姑娘"分别有着怎样的象征意义。

图 4-13 《乡愁：余光中诗歌》封面

《面朝大海，春暖花开》：真诚善良的人生憧憬

《面朝大海，春暖花开》

一、作者简介

海子（1964—1989年），我国著名作家、当代抒情诗人，原名查海生。海子出生于安徽省怀宁县高河镇查湾村，5岁进入查湾村小学学习，15岁考入北京大学法律系，18岁开始诗歌创作，1985年创作成名作《亚洲铜》和《阿尔的太阳》，第一次使用"海子"作为笔名。在海子的创作生涯当中，从《亚洲铜》一直到《春天，十个海子》，短短5年的时间里，海子创作了近200万字的诗歌、诗剧、小说、论文和札记作品。海子著有小说集9部，诗歌集12篇，长诗集9篇，短诗集3篇，合唱剧1部，其中著名的有《黑夜的献诗》《面朝大海，春暖花开》等。海子凭借着他独特的浪漫精神，在诗中彰显了一位诗人对生命的感悟，海子的诗歌也因此蕴含了极为复杂的情感。他将存在主义、浪漫主义、理想主义等多种理念进行了综合处理，在中国诗坛上占有举足轻重的位置。

二、作品简介

《面朝大海，春暖花开》是海子在1989年创作的一首抒情诗，也是他最广为人知的作品之一。该诗运用朴素明朗而又隽永清新的语言，表现出一个诗人的真诚善良。诗中表现了作者对于单纯、自由的人生境界的追求，对于"永恒"和未知世界的探寻以及对于幸福来临的狂喜和对世界的祝福贯穿其中。诗人运用直叙与暗示相结合的手法，使全诗在整体呈现上表现出既清澈又深厚，既明朗又含蓄，既畅快淋漓又凝重的多样情感，抒发了诗人对于幸福的渴望。[①]作品整体充满着积极向上的情感，读过后使人感觉充满生机与活力，斗志昂扬。

---

① 王其全、顾金孚：《新编大学语文》，北京：机械工业出版社，2018年，164页。

三、文本解读

（一）用最简单的诗句寄托最温暖的祝福

在这首诗的前三段均以"从明天起"开始，海子以诉说他生活中期盼待办之事，如喂马、劈柴、周游世界、关心粮食和蔬菜等，来表达他渴望的、定义的"幸福的人"应做之事。可句句强调幸福，渴望靠近幸福，恰恰反映了他现在可能并不幸福。同样地，"从明天起"这四个字恰恰说明了他今天，至少是作诗之时，他并不幸福。那么这首诗的奇妙之处就逐渐显露出来了——海子在每一句中说他"要"做的事，其实正是他一直想做，但或许因为种种原因一直没有做的事。它们表达了海子对幸福的渴望，同时又隐含着不为人知的失落和绝望，而这种幸福就如他在诗末尾处最后祝福陌生人的四句话中包含的灿烂的前程、有情人终成眷属以及获得尘世间的幸福，这些都是他真切渴望得到但永远无法得到的。因为海子在写完《面朝大海，春暖花开》这首诗不到三个月时就离开了人世。

1989 年 3 月 26 日，在他人眼里这样一个积极乐观且颇具才华的年轻人，结束了自己的一生。而了解海子的生平经历后，我们才得以明白，或许这首诗并不是温暖的，它可能是海子的诀别诗。他在诗中多次强调的"明天"，或许也并非时间意义上的明天，而是他的人生中永远不会到达的明天。至此，欣赏过这首诗的人不禁潸然泪下。

原来我们生活中像买菜、旅行、联系亲友这些再平常不过的小事，却是海子终其一生都没有体会过的幸福。而且，这种幸福于他而言，永远是近在眼前却又遥不可及的明天。同时也从侧面反映了他不关心柴米油盐酱醋茶，也没有见过世界其他角落的美丽景色，所以他想要"给每一条河每一座山取一个温暖的名字"；更没有"和每一个亲人通信"，所以他渴望告诉亲友们自己生活中的"小确幸"。从更深层次来分析，在《面朝大海，春暖花开》的诗句中，海子其实已经不关心这个带给他绝望的世俗世界了。于是，他把美好的愿望都寄托在"明天"，或许是日出后的明天，也或许是人的来生。

（二）以情抒意，意以言尽

初读《面朝大海，春暖花开》，短短的几句诗就能领略到诗人对待生活的希望和热情，散发着朝气、蓬勃之气。可细细品味后，我们会发现，海子的诗的字里行间流露了他内心的种种分离和矛盾，他对当下的生活不满却又无可奈何，无法解脱、无法释然、无法找寻自己原本自由的灵魂。全诗都是将来时，也就是他盼望的却从未发生的事情，诗人盼望解脱，可又无法逾越心中的那道坎。他想要过的是没有尘世纷扰的生活、超脱的生活、理想中的生活，因此将其寄托于"面朝大海，春暖花开"的美好场景。

在诗篇的后半段，海子的失意和诗意也更淋漓尽致地展现出来。他把美好的尘世的祝愿都给了人们，而自己此时已经因无法接受现代生活的喧嚣临近崩溃。尽管如此，他也从未将自己内心的痛苦与煎熬借笔墨发泄出来，人们在诗中竟看不到他一丁点的焦虑消极和厌世的烦躁情绪，有的只是他善意的祝愿。他祝福"陌生人"，祝福他们拥有"尘世的幸福"，换句话说，他的爱是大爱。因为这种爱，他祝福世人拥抱他无法热爱的明天，他也祝福世人得到他无法得到的幸福。海子的感情如此令人心暖，却又如此让人心疼。

末尾之处，海子将自己的理想生活淡淡地用"面朝大海，春暖花开"概括，点明了该诗的中心，也呼应了诗题。这句话也成了一句名言，现当代很多人都很喜欢引用这句话，并将其解读成一座坐落在海边的房子、一个四季如春的理想居所。可是，饱受生活苦难的海子终其一生也还是没有过上自己理想的生活。这个在海边春意盎然的"房子"也许是他的诗歌理想和生活理想。最后他说，自己"只愿面朝大海，春暖花开"，这是他对这个充满苦难的世界做出的无声抵抗。他用最后的温柔和善意劝诫人们，珍惜眼前所拥有的幸福，知足者终长乐。

原文欣赏

面朝大海，春暖花开

从明天起，做一个幸福的人

喂马，劈柴，周游世界

从明天起，关心粮食和蔬菜

我有一所房子，面朝大海，春暖花开

从明天起，和每一个亲人通信

告诉他们我的幸福

那幸福的闪电告诉我的

我将告诉每一个人

给每一条河每一座山取一个温暖的名字

陌生人，我也为你祝福

愿你有一个灿烂的前程

愿你有情人终成眷属

愿你在尘世获得幸福

我只愿面朝大海，春暖花开

（选自海子《海子诗全集》，作家出版社 2009 年版）

拓展阅读

1. 海子《海子诗全集》，作家出版社 2009 年版

《海子诗全集》（图 4-14）作为 1997 年上海三联书店出版的《海子诗全编》的升级版，增加了海子早期油印诗集《小站》《麦地之瓮》里面的作品，以及此前没有发现过的作品，可以说此书较为全面地收录了海子的短诗、长诗、日记、小说等各种体裁的文学作品。读者通过阅读此书可以更为深刻地理解海子的文学创作。此书的珍贵之处在于第一次使世人了解到海子为"太阳"系列诗作所作的插图。书中收录海子插图共 22 幅，是海子一生当中创作的全部插图作品。

图 4-14 《海子诗全集》封面

2. 海子《以梦为马：海子经典诗选》，北京十月文艺出版社 2016 年版

《以梦为马：海子经典诗选》（图 4-15）收录了海子的经典诗篇。海子的抒情诗《以梦为马》（又名《祖国》）写于 1987 年。诗人创作这首诗来表达其摒弃物质、渴望精神世界的遨游的诗歌理想。诗歌语言凝练而细腻，其韵律考究，情感丰富。海子以饱满的激情

图 4-15 《以梦为马：海子经典诗选》封面

展示了诗人、诗歌、语言和祖国之间的关系，重申了诗人和诗歌的独特使命。这首诗意境阔大深远，洋溢着一种生命激情，整体结构严谨、硬朗，极具张力，将一个中国诗人的赤子之情表现得淋漓尽致。①

品鉴与思考

1. 仔细品鉴《面朝大海，春暖花开》这首诗，思考海子在诗中向人们描绘了一种怎样的美好生活？诗中哪些事物诠释了作者心目中的幸福世界？

2. 思考海子诗中的幸福场景向我们展现了一种怎样的幸福观？

---

① 柳斌主编、教育部基础教育课程教材发展中心编：《现当代新诗诵读精华》，北京：人民教育出版社，2003年，第252页。

《假如生活欺骗了你》：乐观坚强的人生颂歌

《假如生活欺骗了你》

一、作者简介

亚历山大·谢尔盖耶维奇·普希金（1799—1837年）被誉为"俄国文学之父""青铜骑士"，高尔基称之为"俄国诗歌的太阳"。他是俄国著名诗人、文学家、小说家，是现代标准俄语的创始人，也是现代俄国文学的创始人，世界文坛巨匠。普希金是19世纪俄国浪漫主义文学主要代表，也是俄国现实主义文学的奠基人。普希金擅长各种文体，创作了大量形式多样、题材广泛的作品，诗体小说有《叶甫盖尼·奥涅金》，诗作有《自由颂》《致大海》《致恰达耶夫》《巴奇萨拉的喷泉》等，童话有《渔夫和金鱼的故事》等，小说有《彼得大帝的黑奴》《黑桃皇后》《上尉的女儿》等。他为俄罗斯文学的诗歌、小说、戏剧乃至童话等各领域创立了典范。

普希金出身于贵族世家，从小接受良好的教育，对文学有浓厚兴趣。曾在皇村高等学校研习，与丘赫尔伯凯等人建立了深挚的友情。这段时间的学习培养和锻炼了他扎实的语言基础，为他日后的写作埋下了伏笔，是他人生重要的一个阶段。在好友们的影响下，他对社会有了自己的立场和看法，发表了很多称颂自由与进步的诗作。普希金的创作手法精深，篇章构造精良，是历史纪实语的创始人。普希金是一个有着自由主义精神的人，他的文学作品对人们的影响巨大，文章通俗易懂，道理深入浅出，具有十分强烈的现实主义批判精神，如镜子般让人照见自己，使读者都能够看见希望和光明。普希金的诗一直都被人们视为经典。1837年，普希金腹部重伤，英年早逝，年仅38岁。

二、作品简介

《假如生活欺骗了你》是普希金创作的一首家喻户晓的哲理抒情诗，百年来广为流传。

该诗以平实的语句，结合作者在生活中的真情实感，以劝导的口吻向读者娓娓道来，既有安慰，又有鼓励，使读者有勇气去面对生活中的困境与苦难，流露出作者深沉而热烈的情感，表现出作者对生活的热爱与对理想的追求。

这首诗是普希金 1825 年在米哈伊洛夫斯科耶村被软禁期间创作的，而其间的哀伤与落寞，使他的诗格外能引起读者共鸣。这段时间的生活是他人生的转折期，也是他诗体的转变时期。由于心情与境遇处于低沉阶段，此时的他文思泉涌，哀伤的文字像无处诉说的心事，源源不绝。在生活不如意的境况下，普希金仍没有丧失斗志。他没有因为困难而消沉，没有因为痛苦而放弃。困难不是用来让人逃避的，是用来让人成长的，如果就此放弃，承认被生活欺骗了，就只会让自己沉浸在痛苦的黑暗中。因此，诗人选择把自己变成更为无畏、达观的人。

流放的期间，普希金浪漫主义诗歌创作也达到了高潮阶段。普希金诗歌所显现的乐观主义精神一直鞭策着人们。其中的进取与忧郁令他的诗别具独特的美。当普希金开始靠近底层人民，他对社会有了新的思考与感悟。流放时期的心态与环境，令他感悟颇深。世事难料，天有不测风云。被软禁期间的他，在哀伤中看到了新的生活、新的自己，新的环境让他有了新的体悟。生活突如其来的改变，给人带来的有痛苦有绝望有无助，但这些都是人生常态。已经被放弃的自己，又怎能自暴自弃？于是在这些感悟中，他开始学着从周边的生活里学到自己所需要的，并从民间传说中研习当时国民的言语。

在 1824 年至 1826 年这几年里，普希金创作了《致大海》《致凯恩》《假如生活欺骗了你》等几十首抒情诗，这些诗充分吸取了民间语言的营养，贴近社会，靠近人民，感受人民，感悟更真实的社会。然而，就在他逐渐习惯了自己流放的生活时，新沙皇尼古拉一世为了使诗人为其办事，又一个决议将普希金调回莫斯科。在俄国革命中，普希金的诗歌也抵达了文学史的巅峰。普希金的诗歌有很高的艺术价值，写作手法和写作技巧都有深厚的文学底蕴。普希金的诗歌受到了人们的广泛赞美，最为人们所熟知的诗歌莫过于《假如生活欺骗了你》。

普希金的诗歌对于我们而言，它是启示，它有伤感也有欢愉。普希金无疑是伟大的，伟大的人常有坎坷的人生，而正是这并不一帆风顺的人生，才得以使普希金的诗能够那样直击人心。很多时候，我们会觉得一首诗好美，美得像眼泪里开出的花，恰恰是因为这些诗道出了我们所想，解答了我们的困惑，其语言文字灵动美妙。对于还是学生的读者，普希金那些与当时的俄国现实社会相联系的诗读来或许难以很快理解，而在不理解诗的时候，依旧能被诗本身的语言美所折服，这正是其魅力所在。那些诗人在悲伤时的自勉诗，比面对爱情或喜或悲的诗更能直击我们的心。

三、文本解读

假如生活欺骗了你

假如生活欺骗了你，

不要悲伤，不要心急！

忧郁的日子里须要镇静：

相信吧，快乐的日子将会来临！

心儿永远向往着未来；

现在却常是忧郁。

一切都是瞬息，一切都将会过去；

而那过去了的，就会成为亲切的怀恋。

（选自普希金《普希金抒情短诗集》，桑卓译，四川文艺出版社 2015 年版）

《假如生活欺骗了你》中，诗人这些用劝告的口吻和勉励的语气写出了亲密委婉的语调，普普通通却具有不平凡意义的句子清新流畅，富有人情味和哲理意味。"假如生活欺骗了你"，开头的假设，一开始就足以吸引人，将人们带入哀伤的情绪，陷入沉思。生活欺骗了我们是什么意思？我们是不是也正在被生活欺骗？是的，你曾经以为生活哪怕不会一帆风顺，也不该是现在这样的，不是吗？有时候，你以为自己过去足够好了，却发现只是因为以前的世界太小了；有时候你以为再也不会遇到比这一刻更糟糕的时刻，却发现糟糕的事总是扎堆出现，让人无法呼吸。生活啊，你是不是欺骗我，骗我说过了这一阵，下一阵一定会好转？生活啊，你是不是欺骗我，骗我说忙过这一阵，下一阵就会有清闲舒适的时刻？每当这种时刻，是不是就有一种被生活欺骗的感觉？我们是不是该像诗人说的那样，不要悲伤，不要心急？人的一生，痛苦与快乐相生相伴，都是人生常态。没有曲折，平淡的生活里又何来深刻的体会？但只要充满信心，保持镇静，快乐总还是会到来，是不是呢？

未来，是什么样子的？会像现在一样忧郁、一样忧伤吗？人生里的快乐那么多，但偶尔还是会像此时此刻一样忧虑。相信，是不是除了相信别无他法？是不是明明是自己不好，还要怪生活欺骗了自己？可是，如果因此消沉，止步不前，就是被生活打败了。有时候，实际的生活多么让人悲痛，让人感觉已经走不下去，也许还会让人突然想就此消失。我们是不是真的被生活欺骗了？这个问题是不会有人告诉我们的吧？为什么承受这些的是我们？是不是在我们怪生活欺骗了自己的时候就是这种感觉？但所有痛和眼泪都不会是永久的。就像诗里说的那样，一切都会过去的。生活是变化、是成长的，人终会在眼泪干了以后重新露出笑脸。哪怕并没有真的露出笑脸，也会在痛哭了一场后心里有瞬间的舒坦。理想的丰硕与现实的残酷之间的矛盾是很平常的，只有保持进取的态度，才能更好地把握住现实。一切都会成为过去的，而那些过去的曲折与落魄有一天你能笑着将它说出，使之成为人生不可或缺的一部分。而这些经历终将助你走完人生的道路。

倘若诗里有气味，这首诗大概有一种薰衣草的香味。它让我们静下心来品味自己的生活，让我们一瞬间有被春风吹拂般的清醒。生活是一面镜子，是它欺骗我们，还是我们在欺骗自己？如果人生到此就结束的话，我们永远不知道答案是柳暗花明，还是到此为止。只有我们能像诗人一样，在面临困苦时坚持信念与决心，克服一次又一次暴力的压榨时，我们才能找到我们要的答案。只要我们能够豪迈自在地去面对一切好与坏，怀着一颗勇敢的心去打败困难，相信在体验了重重苦难后，一定能体会到人生的甜蜜滋味。辛勤的小蜜蜂一定能酿出想要的蜂蜜，香甜的味道就是动力。哪怕多艰辛，生活的欺骗只会是暂时的。生活像一颗玻璃球，外人看起来总是晶莹剔透而美丽。只有我们自己知道，要维持玻璃球里的岁月静好多难。生活是骗了我们吧？生活怎么可能像玻璃球那样看起来永远那么宁静与美丽。也许球里的世界也有一年四季，也许球里的世界也有狂风暴雨。如果哪天，被捧在手心里的这个生活的玻璃球碎了，碎成了渣，不要难过，只要玻璃球里的世界还在，就一定有办法继续美丽下去。正是诗句里面对落魄境遇的乐观以及不气馁的勇敢，使得这首诗像黑暗中的一道光，一直悠远地照耀在读者的心底。

拓展阅读

图4-16 《普希金》封面

1. 方士娟《普希金》，中国社会出版社2012年版

《普希金》（图4-16）一书介绍了亚历山大·谢尔盖耶维奇·普希金的生平，讲述了普希金的家族，从诞生于贵族家庭开始，按时间顺序描绘了普希金童年、求学以及后来被流放他乡的经历。本书分章节介绍了少年时期、青年时期和成人时期的普希金以及普希金的交友。普希金是新浪漫诗的创始者，是一个具有世界性影响的作家。他的作品思想崇高并具有艺术性，表达了对生活的热爱，以及战胜黑暗的坚定信

心。普希金用他的诗、他的小说带领着人们前进。本书以故事性的方式呈现了普希金的一生，深深感动着读者，让读者能更好地了解普希金。

2. 伊琳娜·奥博多夫斯卡娅，米哈伊尔·杰缅季耶夫《普希金与娜塔莉亚：渴求平静的心》，黑龙江教育出版社 2016 年版

《普希金与娜塔莉亚：渴求平静的心》（图 4-17）呈现了普希金和妻子娜塔莉亚的爱情。本书从娜塔莉亚的童年开始讲起，讲述了美丽的娜塔莉亚与普希金的相识与结合。这对历经磨难的情侣，经历了长久的离别和第三者的强取豪夺。书中所展示的那些诗一般的信件中，蕴含了普希金对妻子真挚的爱，层层揭开了诗人的内心情感世界。普希金总是用自由照亮人们的生活，用乐观为人们艰苦的生活带来一丝宽慰。他的人格魅力，他妻子娜塔莉亚的美丽与两人的简单快乐共同缔造了他们之间的爱情，这份爱情是那样感人而充满戏剧性。

图 4-17 《普希金与娜塔莉亚：渴求平静的心》封面

3. 张铁夫等《普希金的生活与创作（修订版）》，中国社会科学出版社 2004 年版

《普希金的生活与创作（修订版）》（图 4-18）一共十二个章节，系统全面地讲述了普希金的人生经历和人格思想。首先从普希金充满玫瑰花的童年讲起，其次讲述了普希金在皇村学习的岁月，记录了他课堂内外的表现以及他的诗歌创作。而后，讲述了普希金的两次被流放的经历以及这期间作品的特色，分别为第一次被流放时的群山和大海以及他的南方抒情诗和叙事诗；第二次被流放的阴暗与对生活的讽刺。紧接着描述了普希金重返两京的生活以及他结婚前后的生活，并试图着重分析普希金各种体裁的作品，以此阐明普希金的作品在

图 4-18 《普希金的生活与创作（修订版）》封面

世界文学中的地位。该书还在第十二章评论叙述了俄苏普希金学的历史和近况，以及普希金在国外的接受程度。

品鉴与思考

    1.你最喜欢普希金的哪首诗？为什么？

    2.你觉得《假如生活欺骗了你》这首诗好在哪里？为什么？

    3.品味普希金的诗歌《假如生活欺骗了你》，思考为什么"生活欺骗了你"却"不要悲伤，不要心急"。

《飞鸟集》：探寻真理和智慧的源泉

《飞鸟集》

一、作者简介

拉宾德拉纳特·泰戈尔（1861—1941年），世界级文学巨匠，文学家、社会活动家。1861年5月7日泰戈尔出生于印度加尔各答贵族家庭。他从小热爱文学，一生著述颇丰，诗歌作品富有深刻的哲理内涵。他13岁就开始写诗，18岁在伦敦大学学习英国文学，21岁到25岁之间创作了抒情诗集《暮歌》《晨歌》《画与歌》及戏剧和长篇小说，26岁出版了《刚与柔》和《心中的向往》，并创作了两本剧本，开始形成自己独特的风格。41岁时，泰戈尔创办了一所学校，后来成了有名的印度国际大学。52岁时，他的《吉檀迦利》使他成为第一位获取诺贝尔文学奖的亚洲人。1924年，泰戈尔到中国进行访问，受到徐志摩、胡适等人的热烈欢迎。1941年泰戈尔创作了《文明的危机》，相信祖国一定可以取得独立解放，同年的8月6日，泰戈尔去世，当天成千上万的市民为他送葬。泰戈尔受印度哲学思想影响，追求光明与爱。他身处于一个动乱的时代，但他的心永远天真得像个孩童，他总在不经意间写出让人动容的深刻句子。除了写作，泰戈尔还创作了2000多首歌曲和大量美术作品。

二、作品简介

《飞鸟集》（图4-19），直译为"漂泊的鸟"。《飞鸟集》包括325首没有标题的小诗（英文版共326首，中文译版少第263则）。这本书内容广泛，抒写

图4-19 《飞鸟集》封面

白天与黑夜、自由与背弃，同时还赞扬了感情，包括亲情、友情。每一句诗看上去简短，却道出了人生哲理的真谛。美而简洁，精简却又深邃，矛盾的美却令人得到启发。每一句都展示了泰戈尔对生活的热爱，每一句都能引领我们探寻真理。《飞鸟集》里对生活的思考富有光芒，让我们不自觉沉浸其中。让我们在阅读的同时，既有伤感也看得见欢愉和光亮，既嗅得到玫瑰花的芬芳，也看得到玫瑰花的刺。泰戈尔在他的诗歌创作中讴歌了世间的美好事物，无论虚实，都能让我们受益匪浅。有些作品长篇大论，我们却未必能在阅读中感受到被陶冶的感觉；有些作品精短简小，我们却从中感受到了满满的爱。这就是《飞鸟集》中简洁的美。很多时候，我们得到道理是一件很简单的事，但要得到简单却很难。越是简单的，越难。难能可贵的是，《飞鸟集》就是在简单中将我们引领到一个丰富的世界。它的简单和单纯是视线之内的纯粹，没有强求，没有阴影，就这样像一首歌一般悄悄唱进我们心里。这本书，让我们更能坦然面对自己，明白生活里的困苦与阻碍都是正常的，这是因为我们的理想还富有生命力，而生命力是无法被精确地估算的，挫折是雨，它滋润着我们的生命。这本书，也是我们孤独时的安慰剂，它告诉我们生活的道理，告诉我们如何选择朋友，告诉我们友情与爱情的区别，告诉我们要用生命去追求真理。《飞鸟集》让我们看见了一个更为精彩的世界，看到了爱与和谐以及自然万物的灵性，展现了人与自然、爱与神的交融，歌颂了生命的自由、平等、博爱。

三、文本解读

《飞鸟集》是一部经典诗歌集，阅读时会有一种直击心灵的感触，文豪泰戈尔虽与读者未曾谋面，他却用了最美的语言、最简单的话语一语道破人心灵最深处的温暖，让人产生这一刻仿佛已经等了好久的感觉，感动于某一刻无声的却胜于安慰的文字，令人不禁感叹文字的力量是伟大的。

泰戈尔热爱大自然，在《飞鸟集》中赋予自然景物中的一花一草以人性与生命力。他认为自然是有隐喻的形象，融入自然可以帮助他人净化生命。他的作品富有内涵，令人觉得人生的跌宕起伏都是有意义的。这样的诗，给人以勇气。

《飞鸟集》告诉我们，人生的经历是美好的。人生的每一步，都有它的道理。正是这一步一步，我们才走向今天的自己。泰戈尔将自然和人类巧妙地契合在一起，将大自然看作是有生命的个体，并赋予人性以自由和想象。《飞鸟集》多以花、流萤、落叶、飞鸟、山水、河流等常见自然事物和生物为题材入诗，读后给人雨后的清新之感。《飞鸟集》教会人们爱与被爱，教会我们如何正确地去爱人，不要索取无度，以爱的名义去伤害爱自己的人。有时候我们就像泰戈尔笔下的斧头，我们仗着父母像大树一般无私的爱，自私地向他们索取。他们的爱，我们若没有看见，只会变本加厉地索取，最后伤害了爱自己的人。所以，要学会正确地爱人，不要过度索取，不要因为一己之私伤了爱自己的人。

"生如夏花之绚烂，死如秋叶之静美"。我们终其一生都看不到自己，我们在镜子里，在相片里，在别人的眼睛里，看到的都是自己的影子。读《飞鸟集》，读者能够倾听自己的心，感受自己内心的声音。这本书就像一位长者，他经历了你所经历的，他告诉你他的人生感悟，如果你还未经历过太多的世事，还无法真正地感同身受，那就好好体悟其中的语言美，记在心中。有一天，你会明白，这本书为什么能感动千千万万的人，为什么能经久不衰，而那时的你一定已经是一个更成熟的人，那时你也许会因为《飞鸟集》说出了心里的话而流泪，那时的你，一定是一个更懂得怎么爱人、怎么爱自己的人。《飞鸟集》是一本能伴随我们成长的书，带领读者品味人生哲理，感受诗人对人类美好的情感和对理想的执着追求。

四、名段摘录

（1）只有经历过地狱般的磨砺，才能练就创造天堂的力量；只有流过血的手指，才能弹出世间的绝响。

（2）世界以痛吻我，要我报之以歌。

（3）我们把世界看错，反说它欺骗了我们。

（4）你微微地笑着，不同我说什么话。而我觉得，为了这个，我已等待得很久了。

（5）我听见回声，来自山谷和心间。以寂寞的镰刀收割空旷的灵魂。不断地重复决绝，又重复幸福。终有绿洲摇曳在沙漠。我相信自己。生来如同璀璨的夏日之花。不凋不败，妖冶如火。承受心跳的负荷和呼吸的累赘。乐此不疲。

（6）有一次，我们梦见大家都是不相识的。我们醒了，却知道我们原是相亲相爱的。有一天，我们梦见我们相亲相爱了，我醒了，才知道我们早已经是陌路。

（7）如果你把所有的错误都关在门外，真理也要被关在门外了。

（8）我的心是旷野的鸟，在你的眼睛里找到了它的天空。

（9）当日子完了，我站在你的面前，你将看到我的疤痕，知道我曾经受伤，也曾经痊愈。

（10）生如夏花之绚烂，死如秋叶之静美。

（11）如果你因失去了太阳而流泪，那么你也将失去群星了。

（12）鸟翼系上了黄金，这鸟儿便永远不能再在天上翱翔了。

（13）生命如横越的大海，我们相聚在一这条小船上。死时，我们便到了岸，各去各的世界。

（14）当你没胃口时，不要抱怨食物。

（15）只管走过去，不必逗留着采了花朵来保存，因为一路上花朵自会继续开放的。

（16）静静地坐着吧，我的心，不要扬起你的尘土，让世界自己寻路向你走来。

（17）根是地下的枝，枝是空中的根。

（18）压迫着我的，到底是我的想要外出的灵魂呢，还是那世界的灵魂，敲着我心的门，想要进来呢？

（19）你看不见你自己，你所看见的只是你的影子。

拓展阅读

图4-20 《生如夏花：泰戈尔传》封面

1. 刘驰《生如夏花：泰戈尔传》，江苏凤凰文艺出版社2015年版

《生如夏花》（图4-20），这本书选用泰戈尔诗句作为题目，以此比喻泰戈尔生时如夏花般灿烂。以泰戈尔的诗来评价泰戈尔，用优美的语言描述泰戈尔，用朴素的语调讲述了泰戈尔向往的诗意和远方，用客观的论调阐述泰戈尔造福人类的生涯。泰戈尔珍视东方文化，热爱东方文学，搭建了东西方文化交流的桥梁。泰戈尔用自己的诗启迪了人们思考人生。本书呈现了泰戈尔的人生和贡献，介绍了他的人格，他的努力，将其人生以故事的形式展现出来，描绘出其人生的华彩，给予读者积极向上的正能量，使人受益匪浅。

2. 克里希纳·克里帕拉尼《泰戈尔的一生》，商务印书馆2012年版

克里希那·克里帕拉尼（1907—1992年），印度人，作为泰戈尔的孙女婿，他对泰戈尔有着近水楼台的了解与接触，是研究泰戈尔的专家，也是一位著名的文艺评论者。《泰

戈尔的一生》（图4-21）用优美抒情的语言记叙了泰戈尔的一生。作者近距离观察泰戈尔，系统梳理了他的生平，分析了他的创作活动和思想个性，同时，也对泰戈尔不同阶段的作品做了分析和评价，更深入地探索泰戈尔，让人对泰戈尔有更深刻的理解。作者将泰戈尔的一生叙述得详略得当，有线索地呈现给读者。作者以散文诗的语言将泰戈尔的好奇、泰戈尔的诗意、泰戈尔的志向、泰戈尔的爱，以及泰戈尔那些感人的事迹和丰富的经历娓娓道来，让人在美中感受泰戈尔，更加了解泰戈尔。

图 4-21 《泰戈尔的一生》封面

品鉴与思考

1.《飞鸟集》里最能给你启发的是哪首诗？为什么？

2. 在《飞鸟集》中，哪一句最让你感动？为什么？

3.《飞鸟集》中赋予了自然景物中的一花一草人性与生命力，你从中感悟到了怎样的人生哲理？

参考文献

[1] 海伦·凯勒. 假如给我三天光明 [M]. 桃乐, 编译. 济南: 山东文艺出版社, 2019.

[2] 维克多·雨果. 巴黎圣母院 [M]. 李玉民, 编译. 长春: 吉林出版集团有限责任公司, 2009.

[3] 马克思, 恩格斯. 马克思恩格斯选集 [M]. 北京: 人民出版社, 1972.

[4] 老舍. 文学概论 [M]. 天津: 天津人民出版社, 2021.

[5] 孙振涛.《全唐诗》宗教名物意象考释 [M]. 北京: 宗教文化出版社, 2019.

[6] 章培恒, 骆玉明. 中国文学史新著 [M]. 2 版. 上海: 复旦大学出版社, 2011.

[7] 陈思和. 中国现当代文学名篇十五讲 [M]. 3 版. 北京: 北京大学出版社, 2023.

[8] 夏昭炎. 意境概说: 中国文艺美学研究 [M]. 北京: 北京广播学院出版社, 2003.

[9] 孟庆枢, 李毓榛. 外国文学名著鉴赏 [M]. 长春: 吉林文史出版社, 2001.

[10] 彭逸林, 唐毅, 陈美渝, 等. 艺术院校文学作品阅读精要 [M]. 重庆: 重庆出版社, 1999.

[11] 童庆炳. 文学概论 [M]. 武汉: 武汉大学出版社, 2000.

[12] 郭纪金, 高楠, 赵有声. 中国文学阅读与欣赏 [M]. 2 版. 北京: 首都师范大学出版社, 2008.

[13] 郭预衡. 中国古代文学史 [M]. 上海: 上海古籍出版社, 1998.

[14] 汪曾祺. 汪曾祺文集·文论卷 [M]. 南京: 江苏文艺出版社, 1993.

[15] 费正清. 剑桥中华民国史 [M]. 章建刚, 等, 译. 上海: 上海人民出版社, 1992.

[16] 高文池, 陈慧忠. 中国当代文学概论 [M]. 上海: 上海外语教育出版社, 1991.

[17] 朱一玄.《红楼梦》资料汇编 [M]. 2 版. 天津: 南开大学出版社, 2012.

[18] 石相杰.《哈姆雷特》译本中的杂合探析 [D]. 中国海洋大学, 2008.

[19] 刘振华. 对《春江花月夜》的认知文体分析 [D]. 苏州大学, 2008.

[20] 孙秀丽. 论莎士比亚《哈姆雷特》问题剧特征 [D]. 河北师范大学, 2009.

[21] 冯俊锋. 从《文化苦旅》看余秋雨的散文创作 [J]. 西南农业大学学报 (社会科学版), 2008 (04): 120—122.

[22] 郑艳.试析余秋雨散文的文化意蕴——再读《文化苦旅》[J].辽宁工业大学学报（社会科学版），2008（04）：44—48.

[23] 马美琴.流水：女性和情爱的象征——谈《荷塘月色》中"流水"的意象[J].名作欣赏，2008（14）：59—60.

[24] 徐晴岚.《春江花月夜》诗歌与乐曲的比较赏析[J].语文教学与研究，2008（13）：44—45.

[25] 姜玉香.浅谈余秋雨散文中的文化人格[J].中国校外教育，2009（07）：9.

[26] 姜山.哲学思辨：寻真向善的人性追求——余秋雨散文魅力之一[J].北方论丛，2009（02）：41—44.

[27] 黄伟林.以坚忍的姿态承担不可抗拒的苦难：余华《活着》的现代主义解读[J].南方文坛，2007（05）：73—76.

[28] 罗文敏.综观哈姆雷特性格延宕批评之得失——兼论哈姆雷特延宕之因[J].兰州交通大学学报，2004（02）：45—48.

[29] 宋剑虹.不屈的生命之歌——对余华小说《活着》《许三观卖血记》的解读[J].甘肃联合大学学报（社会科学版），2002（S1）：18—19.

[30] 梅新林.《诗经》中的祭祖乐歌与周代宗庙文化[J].浙江师大学报，1999（05）：1—6.

[31] 赵沛霖.关于《诗经》战争诗的几个问题[J].贵州社会科学，1998（05）：66—71.

[32] 冯燕庆.老舍作品中"京味儿"的文化蕴含[J].北京联合大学学报，1995（03）：70—79.

[33] 张启成.诗经研究评述[J].贵州大学学报（社会科学版），1994（03）：50—60.

[34] 幸香兰.一千个观众眼中缘何有一千个哈姆雷特——哈姆雷特性格问题新论[J].电影文学，2008（24）：165—167.

版权声明

根据《中华人民共和国著作权法》的有关规定，特发布如下声明：

1.本出版物刊登的所有内容（包括但不限于文字、二维码、版式设计等），未经本出版物作者书面授权，任何单位和个人不得以任何形式或任何手段使用。

2.本出版物在编写过程中引用了相关资料与网络资源，在此向原著作权人表示衷心的感谢！由于诸多因素未能一一联系到原作者，涉及的版权等问题，恳请相关权利人及时与我们联系，以便支付稿酬。（联系电话：010-60206144；邮箱：2033489814@qq.com）